KB162187

‖ 인문교양총서 5

쏘로우와 월든 숲속의 삶

·

박 연 옥

인문교양총서 005

쏘로우와 월든 숲속의 삶

박연옥 지음

역락

서문

쏘로우(Henry David Thoreau, 1817~1862)의 산문집 『월든, 또는 숲속의 삶』(*Walden; or, Life in the Woods*, 1854)은 독자에게 아주 독특한 경험을 안겨주는 책이다. 숲속이나 산속에 있지 않아도 이 책을 읽는 동안에는 마음을 맑고 평안하게 해주는 책이기 때문이다. 19세기 중반에 쓰인 이 책은 좋은 평과 함께 출판된 지 일 년 내에 초판본 2000권이 거의 모두 팔렸지만, 쏘로우의 사후 약 50년 동안은 일반 대중들로부터는 거의 잊혀졌을 정도로 19세기에는 큰 영향력을 발휘하지 못했다. 책이 출판된 후, 소수의 숭배자들만이 쏘로우를 개인적으로 방문하고 그와 친분을 유지했을 따름이다. 그러다가 이 책이 미국문학사의 정전으로 남게 된 것은 1910년대부터 문학 비평가들에 의해 『월든』이 그의 유명한 에세이 「시민 불복종」("Civil Disobedience")과 함께 재평가를 받게 되었기 때문이다.[1]

---

[1] Robert F. Sayre, "Introduction" in *New Essays on* Walden (Cambridge : Cambridge UP, 1992) 10–13.

쏘로우는 하버드 대학을 나왔지만, 평생 일정한 직업을 가지지 않았으며, 소위 비정규직으로 여러 가지 일을 했다. 즉 1837년에 대학을 졸업한 그는 곧바로 하버드 대학이 위치한 매사추세츠(Massachusetts) 주의 캠브리지(Cambridge)로부터 북서쪽으로 약 20마일 떨어져 있는 고향 콩코드(Concord)로 돌아왔고, 월든 숲속으로 들어가 생활하기 전에 다양한 직종의 일을 했다. 학교에 취직하여 잠시 교사 생활을 한 적도 있고, 스스로 사립학교를 세워 형과 함께 교사로 일했다. 그러나 형의 건강문제로 학교를 문 닫고 나서는 그의 멘토이자 유명한 초월주의자 에머슨(Ralph Waldo Emerson)의 집에서 정원 가꾸기 등의 집안일을 도와주면서 입주해 살았고, 에머슨의 추천으로 뉴욕의 스태튼 아일랜드(Staten Island)에 가서 몇 개월 동안 가정교사 생활을 하기도 했다. 그러다가 에머슨이 구입한 월든 숲속의 땅에서 물질적으로 소박한 삶을 살아 보기로 하고, 스스로 판잣집을 짓고는 1845년 7월 4일을 기해 그 집에 입주했다. 그 후 정확하게 2년 2개월 2일을 월든 호숫가의 집에서 혼자 살면서 쏘로우는 자연 속에서의 소박한 삶의 방식을 실험적으로 실천했다. 그리고 그 실험의 결과로 그의 유명한『월든』이 탄생되었다. 이 에세이집에서 쏘로우는 2년여 간의 삶을 계절 별로, 즉 봄, 여름, 가을, 겨울, 그리고 봄이라는 1년의 세월로 재구성하였으며, 월든 숲에서 사는 동안 그가 품었던 생각과 삶의 모습을 자세히 기록하고 있다.

　요즈음 대학을 졸업하는 젊은이들처럼 쏘로우 역시 하버드 대학을 졸업한 후 자신이 가질 직업과 직장에 대해 많은 고민을 했을 것으로 생각된다. 당시에 하버드 졸업생들은 오늘날과 별반 다르지 않게, 의사, 변호사, 목사, 학자 등의 직업을 갖는 것이 일반적이었다고 한다. 그러나 쏘로우는 돈을 목적으로 일하면서 자신의 인생을 허비하며 살고 싶지는 않다는 그 나이에는 아마도 가지기 힘들었을 현명한 생각을 이미 품게 되었던 것 같다. 그래서 그는 그 당시 보통 사람들의 생각이나 그의 주위 사람들의 기대와는 정반대로 그 자신의 소비 욕구나 소유욕을 줄이는 삶을 과감히 선택함으로써 자신이 원하는 대로의 삶을 살아보고자 시도했다. 그래서 손수 집을 짓고, 자신의 먹거리와 생계를 위해 채마밭을 일군 쏘로우는 시대에 앞서 채식주의와 생태주의를 실천함으로써 요즘 유행하는 웰빙적인 삶의 선구자가 되기도 했다.

이 책에서는 이런 쏘로우의 모습을『월든』을 통해 알아보고자 한다. 대학을 졸업해도 안정적이고 보수를 많이 주는 소위 '좋은' 직장을 찾기는 점점 힘들어진 21세기의 대한민국의 젊은이들처럼, 대학 졸업 후 직업선택과 진로에 대해 비슷한 고민을 했을 쏘로우에 대해 그리고 그가 마침내 선택한 독특한 삶에 대해서는 탐구해볼만한 충분한 가치가 있을 것이다. 하버드 졸업생이라는 많은 사람들이 부러워할 사회적 프리미엄을 가졌음에도 성공을 추구하는 삶 대신 평생 자연을 거닐며, 돈이 필요할 때마다 이런 저런 임시적인 일을 하며, 사색과 독서 그리고 글쓰기로 더 나은 삶을 살고자 노력한 쏘로우에 대한 탐구 말이다. 그를 이해하지 못하는 사람들에게는—심지어는 그를 잘 알고 몇 년간 친하게 지낸 에머슨에게까지—야망이 없는 '루저'(실패자)의 인생으로 보이는 삶을 쏘로우는 용감하게 선택하고 끝까지 꿋꿋하게 살아나갔다. 자신의 생각과 삶을 자신의 방식대로 줏대 있게 살아나간 쏘로우의 모습을 담은 『월든』은 다양한 독자들에게 생각의 여지를 주는 작품이지만, 특히 경제적인 보상이 많은 직업을 최고의 직업으로 생각하고, 오로지 그런 직업을 얻기 위해서만 맹목적으로 최선을 다하고 있는 오늘날의 젊은이들이 직업과 삶의 방식을 선택하기에 앞서 읽고 생각해볼만한 책이라고 생각된다.

그러나 필자는 솔직히 21세기의 한국사회에서 쏘로우처럼 사는 것이 가능한 삶의 방식이라고 생각하지 않는다. 또한 그의 삶의 방식을 독자들이 반드시 따라야 한다고도 생각하지 않는다. 쏘로우도 독자들이 자신의 방식대로 살기를 바라지는 않았다. 그러나 적어도 쏘로우가 자신의 삶에 대해 얼마나 진지하게 생각했는지를, 그리고 자신이 옳다고 생각하는 삶을 스스로 선택하고 난 뒤에는 사람들의 무수한 부정적 의견에도 방향을 바꾸지 않고 대단히 모험적으로 자신의 의도대로 삶을 꿋꿋하게 살아갔음을 우리가 배울 만하다고 생각하는 것이다.

그리고 생활필수품만을 사용하면서 간소하게 살라는 그의 가르침 역시, 생활 속의 온갖 광고물에서 물질적 욕망이 넘치는 시대에 살면서 그것을 실천하며 살기란 거의 불가능하다. 그러나 우리의 귀중한 삶의 시간들이 물질에 대한 소유욕 때문에 낭비되어서는 안 된다는 그의 가르침은 그것을 전적으로 실천하고 살지는 못할지라도, 무엇이 우리의 삶에서 우선순위가 되어야 하는 지를 분명히 제시하고 있다는 점에서 소중하다고 하겠다. 월든 숲속의 삶에 대한 이야기를 통해 쏘로우가 강조한 "본질적인" 삶을 찾고자하는 노력을 우리가 시도

할 수만 있다면, 그 자체만으로도 쏘로우가 『월든』에서 사람들에게 외치고자 했던 바가 어느 정도 성공한 것으로 볼 수 있을 것이다.

따라서 이 책에서는 『월든』에 나타난 쏘로우의 삶과 그의 생각에 대해 살펴볼 것이다. 1장에서는 그가 월든 숲에 들어간 이유를 자세히 알아보고, 2장에서는 숲속에서의 그의 간소한 삶의 방식을 의식주에 대한 그의 생각과 그의 실제 생활을 통해 구체적으로 살펴보고자 한다. 3장에서는 절제와 노동에 대한 그의 생각을 통해 간소한 삶의 사상의 뿌리를 찾아보고, 4장에서는 쏘로우가 『월든』을 통해 가장 성취하고 싶어 하는 독자들의 잠 깨우기 프로젝트와 쏘로우에게 '아침'의 의미가 어떤 것인지를 알아본다. 5장을 통해서는 쏘로우의 사상에 가장 큰 영향을 끼친 19세기 미국의 대표적인 초월주의 사상가인 에머슨(Ralph Waldo Emerson)과 쏘로우의 관계를 중점적으로 살펴본다. 그들의 초월주의적 자연관과 미국인들의 독립적 기질과 독창성, 기업가 정신에 큰 영향을 미친 자기신뢰(self-reliance) 사상을 살펴보고, 에머슨과 쏘로우를 구별 짓는 쏘로우의 비순응주의와 독립적 모험정신에 대해서도 알아본다. 이 장에서는 또한 1960년대에 시작된 미국의 반문화 운동과 마틴 루터 킹 목사가 이끈 흑인 민권운동 및 간디, 만델라를 포함한 세계 여러 곳의 비폭력 저항운동에 영향을 크게 미친 쏘로우의 유명한 「시민 불복종」 에세이가 논의될 것이다.

　이 책은 19세기 중반의 대표적 미국 작가이자 사상가인 쏘로우의 대표작 『월든』으로부터 그의 중요한 사상을 읽어내고자 한다. 그렇게 함으로써 의미 없이 바쁘기만 한 우리 현대인의 삶을 반성하고 한 발 물러서서 우리의 삶에 대해 다시 한 번 진지하게 생각해볼 기회를 가질 수 있다면, 우리의 삶이 좀 더 여유롭고 풍요로워질 수 있지 않을까 생각한다.

2011년 8월
박 연 옥

차례

● 월든 호수 1

월든 숲으로 간 까닭

쏘로우는 『월든』의 첫머리에서 자신이 이 책을 쓴 이유가 월든 숲에서의 자신의 생활 방식에 대해 콩코드[1] 읍내 주민들이 특별한 관심을 보였기 때문이라고 밝히고 있다. 하버드를 졸업하고 특정한 직업을 가지지 않은 채 학교에서 가르치거나 에머슨의 집에서 허드렛일을 하거나 아버지의 연필공장에서 연필 만드는 일을 돕는 마을 청년 헨리 데이비드 쏘로우가 이번에는 월든 호숫가에 작은 집을 짓고 혼자 산다고 하니 마

---

[1] 콩코드(Concord)는 보스턴(Boston)에서 서북쪽으로 약 20마일 떨어진 곳으로 작은 읍 정도 크기의 도시이다. 미국 초월주의(Transcendentalism)의 대부로 불릴 수 있는 에머슨이 1835년 콩코드로 이사 온 후, 콩코드는 19세기 미국 문학사에서 중요한 역할을 하는 도시가 된다. 그것은 초월주의적 생각을 공유하는 작가나 철학자들이 그곳에 많이 살았기 때문인데, 그들 중에는 소설가 호손(Nathaniel Hawthorne)과 초월주의 철학자 올콧(Bronson Alcott), 그리고 『작은 아씨들』(*Little Women*, 1868)의 저자인 올콧의 딸 루이자 메이 올콧(Louisa May Alcott), 그리고 콩코드에서 태어난 쏘로우가 있었다. 이 작은 읍에서 이처럼 많은 작가들이 동시대에 활약한 것에 감명을 받은 소설가 헨리 제임스(Henry James)는 콩코드를 "미국에서 가장 큰 작은 장소"라는 역설적인 이름으로 명명했다.

을 사람들은 궁금했을 것이다. 도대체 왜 그런지도 궁금했을 것이고, 또한 혼자서 어떻게 먹고 사나도 참으로 알고 싶었을 것이다.

그런데 쏘로우가 이 책을 쓴 진짜 목적은 다른 사람들의 방해를 받지 않고 자신이 살고 싶은 대로의 삶을 살 수 있는지 실험을 해보고 그 실험에 대해 기록을 하고자 함이었다. 또한 사람들에게 희망의 메시지를 전하고 싶기 때문이라고 그는 말한다.

『월든』에서 쏘로우는 그가 태어나 자란 고향 콩코드의 주민들이 땅과 주택, 창고, 가축, 농기구 등에 대한 과도한 소유욕 때문에 자유롭게 살지 못하고 있다고 생각한다. 토지 등에 대해 자신들의 경제력을 넘어서는 욕심 때문에 농사를 짓는 그들이 지나치게 긴 노동에 시달리며 불필요한 근심에 사로잡혀 살고 있다고 생각한다. 그 때문에 그들은 사고할 시간을 빼앗기고, 그 결과 자신들 속에 내재하고 있는 신성을 잃어버리고 노예와 같은 삶을 영위하고 있다고 쏘로우는 판단한다.

그런데 재산에 대한 욕심 때문에 여유 없는 삶을 산 콩코드의 주민들의 자리에 오늘날의 우리 한국인들을 대치한다 해도 쏘로우의 생각은 여전히 유효할 것으로 보인다. 실로 물질에 대한 욕망에 있어서는 쏘로우 당시의 19세기 콩코드 주민들보다 오늘날 우리의 욕망이 비교할 수 없을 정도로 다양하고 컸으면 컸지 절대 작지 않을 것이기 때문이다. 단지 우리의 욕망이 크고 좋은 집이나 아파트, 고급차, 그리고 최신의 전자제품 등으로 모양만 변환되었을 따름이다.

1845년 7월 4일—이날은 미국의 독립기념일이라는 점에서 상징적인 의미가 있다—에 월든 숲[2]으로 들어간 쏘로우는 가장 가까이 사는 이웃으로부터 1마일 떨어진 곳에 손수 작은 판잣집을 지었다. 월든 호수의 북서쪽 편 기슭의 에머슨[3] 소유의 땅에 위치한 그 집을 쏘로우는 이웃이 더 이상 사용하지 않는 낡은 헛간을 싸게 사서 그것을 해체하여 생긴 판자로 지었다. 기존 헛간을 재활용했다는 측면에서 생태학적 건축물이라고 할 수 있는데, 쏘로우가 헛간을 재활용한 가장 근본적인 이유는 경제적인 이유 때문이었다. 즉 가장 싼 값으로 집을 지을 수 있었기 때문이다.

1. 쏘로우의 직업

쏘로우는 동생을 위해 자신의 대학진학을 포기한 형 존 (John Thoreau)의 희생과 집안의 여러 사람들의 도움으로 학비

---

[2] 월든 숲은 콩코드의 남서쪽으로 약 1.5마일(1마일은 약 1.609킬로미터) 떨어진 곳에 있다.

[3] 에머슨은 유명한 초월주의 철학자로 당시 쏘로우와 절친한 사이였다. 같은 하버드 출신이면서 14세 연상인 에머슨은 쏘로우의 멘토이자 친구가 되었고, 쏘로우가 글로 성공할 것을 기대하고 그의 글을 출판하는데 도움을 주는 등 여러 가지로 그를 후원했다. 에머슨과의 관계에 대해 좀 더 자세한 사항은 다섯 번째 장 「쏘로우와 에머슨」을 참고할 것.

가 비싼 하버드 대학을 졸업했다. 그의 대학 등록금을 마련하기 위해 형 존과 누이 헬런(Helen Thoreau)은 교사생활을 했고, 아버지는 연필공장에서 나오는 수입을 보탰고, 그의 두 숙모들도 약간의 돈을 기부했다(Sayre 2). 그런데 가족들의 기대 속에서 하버드 대학을 졸업했음에도, 쏘로우는 하버드 졸업생들이 보통 가지게 되는 직업을 갖지 않았다. 그 직업들은 대체로 목사, 변호사, 의사, 교사, 사업가 등이었다. 목사라는 직업을 빼면, 그리고 교사를 교수로 바꾼다면 오늘날과도 별로 다르지 않은 직업들인 셈이다.

45세라는 젊은 나이로 인생을 마치게 되는 쏘로우는 평생 고정된 직업을 가지지 않았다. 많은 사람들이 동경하는 하버드를 졸업했지만 뚜렷한 직업 없이 숲을 쏘다니는 쏘로우를 마을 사람들은 요즘 시쳇말로 '루저'로 여겼다. 그러나 쏘로우가 처음부터 직업을 전혀 가지지 않으려고 한 것은 아닌 것으로 보인다. 그가 대학을 졸업한 1837년은 갑작스러운 미국의 큰 경제 침체로 직업을 구하기 어려운 해였다. 그럼에도 쏘로우는 다행히 콩코드 공립학교에서 교사직을 얻게 된다. 그러나 학생을 체벌하기를 요구하는 학교 방침에 반발한 그는 어느 날 임의적으로 학생 몇 명을 체벌하고는 2주 만에 학교를 그만둔다. 그리고 다른 교사직을 찾아보지만 자리를 찾지 못한 쏘로우는 가업으로 아버지가 운영하던 연필공장 일을 하게 된다. 그리고 다음 해 1838년 집에서 사립학교를 열어 학생들을 가르치다가, 콩코드 아카데미 건물에 세를 들고 그 이름까지 물려받는다. 학교는 성공적이었고, 등록생이 늘어 형까지 교사로 채용하여 학교를 잘 운영한다. 그러나 형 존의 건강이 악화되어 1841년 4월에 학교의 문을 닫게 된다. 그 후 에머슨의 요청으로 그의 집으로 들어간 쏘로우는 1843년까지 에머슨 집의 집안일을 도우며 살게 된다.

1843년 5월 쏘로우는 에머슨의 주선으로 뉴욕의 스태튼 아일랜드에 사는 에머슨의 형 윌리엄 에머슨의 집에서 아이들을 가르치는 가정교사 생활을 하게 된다. 에머슨은 이 기회를 통해 쏘로우가 뉴욕의 문학시장에 진입할 수 있기를 기대했다. 그러나 쏘로우는 뉴욕 생활에서 즐거움을 느끼지 못하고, 뉴욕 문학시장 진입에 성공하지도 못한 채 6개월 만에 콩코드로 돌아온다. 그리고 다시 아버지 연필공장에서 일하면서 연필의 질을 획기적으로 높이는데 성공함으로써 많은 돈을 벌 수 있는 기회를 가지게 되지만, 그의 목표는 돈을 버는데 있지 않았다. 1843년에서 1844년의 시즌동안 쏘로우는 콩코드 리시움[4]의 강연자이자 관리자로도 일한다.

그러다가 쏘로우는 에머슨이 1844년 후반기에 구입한 월든

---

[4] 리시움(Lyceum)은 아리스토텔레스가 철학을 가르쳤던 아테네의 학원 이름에서 유래한 것으로, 19세기 미국에서는 강연이나 음악회 등이 열린 문화적 공간이었다. 에머슨은 리시움 강연을 통해 많은 돈을 버는 유명 강연자였고, 쏘로우는 1838년 「사회」라는 제목으로 첫 리시움 강연을 했다. 쏘로우는 리시움 강연을 그의 생각을 발표하는 기회로 삼았고, 그 강연을 더 손질하여 책을 출판하곤 했다.

호숫가의 땅에 집을 짓고 혼자 살아보는 실험을 하기로 한다. 그래서 1845년 3월부터 오두막집을 짓기 위해 나무를 베고 땅을 개간한 후, 집을 짓고, 1845년 7월 4일 그 집에 입주하게 된다. 월든 숲에서 쏘로우는 정확히 2년 2개월 2일 동안 사색하고 책 읽고 글 쓰는 삶을 살았고, 1847년 9월 6일에 다시 마을로 나오게 된다. 쏘로우가 그 때 다시 마을로 돌아온 이유는 아마도 그해 가을 에머슨이 혼자 장기간 유럽으로 떠나면서 쏘로우에게 집안일을 부탁했기 때문인 것으로 보인다. 다시 에머슨의 집에 들어간 쏘로우는 에머슨이 유럽에서 돌아오는 1848년 7월까지 그의 가족과 숙식을 함께 하며 지내게 된다.

지금까지 언급한 교사직, 연필공장 일, 강연자, 리시움 관리자, 글 쓰는 일 외에도 쏘로우는 마을에서 여러 가지 일들을 했다고 『월든』에서 기술한다. 쏘로우가 마을 사람들을 위해서 한 일은 날씨를 관찰하는 일과 토지 측량일, 야생가축 돌보는 일, 나무에 물주기 등의 다양한 일들인데, 쏘로우는 무보수로 오랜 기간 동안 자발적으로 그런 일들을 했다고 『월든』에서 밝히고 있다. 보수도 받지 않고 쏘로우가 그런 일들을 한 까닭은 혹시 마을 사람들이 그런 일들을 자발적으로 하는 자신에게 마을의 한직이나 공직을 주지는 않을까하는 기대 때문이었다. 이런 기대를 몰래 마음에 품고 공공을 위한 일을 한 쏘로우를 상상하면, 그 자체가 재미있어 미소 짓지 않을 수

없다. 그러나 마을 사람들은 그의 봉사에 대해 공직 수여로
보답하지 않았고, 꿈이 좌절된 쏘로우는 직업을 갖는 대신 소
비를 줄이고 사는 삶을 택해 월든 숲으로 들어갈 결심을 하게
된다.

2. 인디언의 바구니 : 『월든』의 경제학

마을 사람들로부터 기대했던 공직 또는 한직을 얻는데 실
패한 쏘로우는 그런 자신의 모습을 팔리지 않는 바구니를 팔
러 다니는 인디언에 비유한다. 어느 날 쏘로우는 마을의 유명
한 변호사의 집에 바구니를 팔러 왔으나 팔지 못하고 돌아가
는 인디언을 보게 된다. 그 인디언은 주위에 사는 백인들이
열심히 일하여 모두 잘 사는 것을 보고, 자신도 그렇게 해서
부자가 되기를 원한다. 그는 바구니를 짤 수 있었고, 그래서
바구니를 만들어 백인들에게 팔아 그들처럼 잘 살게 되기를
바랐다. 그러나 그의 예상과 달리 그가 만든 바구니는 전혀
팔리지 않았다. 그 인디언의 실패에 대해 쏘로우는 다음과 같
이 세 가지로 분석한다. 즉 첫째, 그 인디언이 성공하고 싶다
면, 그는 사람들이 살만한 가치가 있다고 생각하는 바구니를
만들어야 한다. 또는 둘째, 그는 사람들이 그의 바구니를 사
고 싶은 생각이 들게 만들어야 한다. 셋째, 그는 팔리지 않는

바구니를 만들 것이 아니라, 사람들이 살만한 가치가 있다고 생각하는 다른 물건을 만들 생각을 해야 한다. 이런 분석을 한 쏘로우는 인디언의 팔리지 않는 바구니 에피소드와 마을에서 공직을 얻는데 실패한 자신의 경우를 연관시켜 계속 사색한다.

인디언 바구니 에피소드에서 배운 바를 실천하자면, 마을의 공직을 얻기 위해 쏘로우는 마을 사람들의 마음을 얻어야 한다. 즉 그가 마을의 공익을 위해 하는 일들을 보니 공직자가 될 만하다고 마을 사람들이 생각하도록 만들어야 한다. 그러나 쏘로우는 그가 사색을 통해 얻은 해결책과 아주 다른 독창적인 방안을 내어 놓는다. 다시 말해, 쏘로우는 마을의 공직이나 한직을 구하는 자신의 방식—또는 그의 바구니—이, 인디언의 팔리지 않은 비구니처럼, 사람들의 구매 욕구를 일으키는데 실패했다는 것을 인정한다. 그러나 그는 다시금 궁리하여 소비자의 구매 욕구를 불러일으킬만한 것으로 만들 묘안을 생각해 내는 대신, 바구니를 아예 팔지 않아도 될 방법을 고안해낸다. 그 방법은 다름 아닌 그 직업이 공직이건 무엇이건 애초부터 직업이 없이도 살 수 있는 방법이다.

이와 같은 쏘로우의 생각은 보통 사람들의 생각과는 아주 다른, 독창적이면서도 급진적인 발상이라고 할 수 있다. 사람들은 일반적으로 만약 자신이 만든 물건이 잘 팔리지 않는다면, 좀 더 연구하고 노력하여 그것을 더 나은 물건으로 만들어 팔고자 노력할 것이다. 또한 만약 원하는 직장을 얻는데 실패한다면, 그 다음에는 고용주의 필요를 알아내어 그것을 충족시킬 수 있는 사람임을 보여주려고 노력할 것이다. 그러나『월든』에서 쏘로우가 생각해낸 방법은, 아예 물건을 팔지 않아도 되는, 직장을 아예 가지지 않아도 되는 방법이다. 즉 직업 없이 사람이 살 수 있는 방법은 더 많은 것을 얻으려고 노력하는 대신 될 수 있으면 적은 것으로 만족하며 사는 법을 배우면 된다는 것이다. 고정적인 직업을 갖지 않는 대신, 그 직업을 통해 얻을 수 있는 물질에 대한 욕망을 줄이는 방식 말이다. 간소하게 사는 대신 자기가 원하는 일을 할 수 있는 시간을 늘리고 자유롭게 사는 방식! 바로 이 방식이 쏘로우가 『월든』을 통해 선포하고 있는 획기적인 월든의 경제학의 핵심이다.

쏘로우는 자신이 살고 있던 19세기 중엽에 미국에 살고 있는 대부분의 사람들이 돈을 벌기 위해 너무 심하고 무리한 노동을 하고 있다고 생각했다. 그 결과 사람들이 신체적으로 뿐만 아니라 정신적으로도 일종의 노예생활을 하고 있다고 생각한 쏘로우는 그들이 "조용한 절망의 삶"(8)을 살고 있다고 묘사했다. 이 표현은『월든』의 어구들 중에서 가장 많이 인용되는 표현 가운데 하나인데, 별 희망 없이 현실의 척박한 삶을 묵묵히 살아가야 하는 보통사람들의 삶을 잘 표현한 말이라고 할 수 있다. 비슷한 시기에 살았던 멜빌(Herman Melville) 역시 비슷한 방식으로 당대의 남자들의 갑갑한 삶의 모습을 묘사하고 있다. 이는 멜빌의 유명한 소설, 『모비딕』(Moby-Dick, 1850)의 첫 장 「아련한 모습들」("Loomings")에서 화자 이쉬마엘(Ishmael)의 묘사를 통해 드러난다. 이쉬마엘은 소설의 첫머리에서 선원이 되기로 하고 고래잡이배를 타러 가게 되는 과정을 설명하면서 왜 남자들이 바다를 동경하는지를 설명한다. 그에 따르면, 평일에는 뉴욕 맨하탄의 사무실에 꼼짝없이 갇혀서 일하는 수천 명의 남자들이 일요일만 되면 배터리(Battery) 파크[5]를 비롯한 바닷가로 몰려나온다. 그들은 먼 바다가 보이는 부둣가에 서서 하염없이 바다만 쳐다보면서 명상에 빠져 있다. 멍하니 정신을 놓고 바다 명상에 빠져 있는 이 남자들은 멜빌의 유명한 단편 「서기 바틀비」("Bartleby the Scrivener")의 주인공 바틀비를 상기시킨다. 바틀비는 월스트리트의 변호사 사무실의 책상 앞에 앉아 하루 종일 기계적으로 서류를 베끼는 일을 하다가 결국 굶어죽는 길을 선택하는 비극적인 인물이다. 멜빌이 묘사하는 도시 거주자들이나 쏘로우가 묘사하는 소도시 콩코드의 주민들이나 모두 다람쥐 쳇바퀴 돌듯이 의미 없는 절망적인 삶을 살아가는 사람들이라는 점에서 공통점이 있다.

그런데 쏘로우는 콩코드의 사람들이 그들에게 절망을 안겨

---

[5] 뉴욕 맨하탄의 남단 끝에 있는 지역. 자유의 여신상과 앨리스 아일랜드(Ellis Island)로 가는 페리가 출발하는 곳.

주는 삶의 방식을 선호하여 의도적으로 그런 삶을 선택했다고 생각한다. 그러면 그들은 왜 그런 불행한 삶의 방식을 선택했을까? 그 까닭은 그들이 현재의 생활 방식이 가장 나은 것이라고 너무도 철저하게 믿고 있기 때문이며 또한 자신들에게 다른 선택의 여지가 남아있지 않다고 생각하기 때문이라고 쏘로우는 말한다.

그러나 쏘로우는 그들의 생각은 잘못된 것이며, 잘못된 사고방식은 아무리 오래된 것이어도 버려야 한다고 주장한다. 사람들이 영위하는 일반적인 생활 방식은 잘못된 고정관념에서 비롯된 것이고, 그것은 변할 수도 있는 것이지만, 사람들은 변화 가능성을 부정하고 살고 있다는 것이다. 따라서 쏘로우는 기적과도 같은 변화가 언제든지 가능하기 때문에, 과거의 사실에 기초하여 인간의 잠재능력을 과소평가 하지 말 것을 주문한다.

생활필수품

그렇다면 인간이 걱정하고 있는 것이 무엇에 관한 것인지 그리고 어느 정도의 걱정이 타당한 것인지를 알기 위해 쏘로 우는 인간이 생존하는데 꼭 필요한 생활필수품들이 어떤 것 인지를 점검하고자 한다. 그는 자신처럼 온대성 기후지역에 사는 인간에게 꼭 필요한 것으로 우선적으로 식량과 주거 공 간, 의복, 연료 등을 든다. 그리고 이 의식주에 필요한 물질 다음으로 필요한 것으로는 칼, 도끼, 삽, 손수레와 학구적 취 향의 소유자에게 필요한 램프, 문방구, 그리고 몇 권의 책을 들고 있다. 쏘로우는 이런 최소한의 생활필수품들만 소유하면 서 과연 인간답게 살 수 있는지를 실험하고자 했으며, 그 실 험장소로 월든을 택했다. 즉 그는 흔히 사람들이 더 많은 것 을 소유하기 위해 자신의 소중한 시간들을 사용하는 것과는 반대로, "더 적은 것으로 만족하는 법"(34)을 배움으로써 자신의 시간을 더 의미 있게 사용하고자 한다.

그래서 쏘로우는 월든 숲속에서 스스로 지은 판자집에서 기거하고 식량을 가능한 한 자급자족하는 삶을 살면서, 생활비를 위한 노동시간을 줄이는 방식의 삶을 실험적으로 살아보기로 결정한다. 먼저 쏘로우는 인간의 삶에 꼭 필요한 필수품들이 어떤 것인지를 하나하나 점검하기로 하고 인간 생존에 가장 기본적인 의식주를 해결하기 위한 의복과 주택, 그리고 음식에 대한 문제를 차례로 점검한다.

1. 새 옷

의복의 문제를 거론하면서 쏘로우는 새 옷을 사는 것에 대해 몹시 부정적인 태도를 보인다. 실제로 쏘로우는 주로 낡은 옷을 입고 다닌 것으로 알려져 있다.[1] 그는 유행을 추구하는

---

[1] 『위대한 작가들의 숨겨진 삶』(*Secret Lives of Great Authors*)을 쓴 로버트 슈나켄버그(Robert Schnakenberg)에 따르면, 쏘로우는 잘 씻지 않았고, 텁수룩한 머리칼을 가지런히 정리하지도 않았고, 낡은 옷을 갈아입지도 않았다. 손가락으로 음식을 먹는 나쁜 버릇이 있었다고도 지적되지만, 사람들은 그의 이런 모자라는 점들을 기꺼이 못 본척했다고 한다. 특히 그가 한때 이웃해서 살았던 너대니얼 호손은 쏘로우가 "죄처럼 추하고, 긴 코에 이상하게 생긴 입과, 그런 외모와 대단히 잘 어울리는, 정중하지만 세련되지 못하고 촌스러운 매너를 가지고 있었다"라고 묘사했다. 그러나 호손은 이어서 "그의 추함은 정직하고 호감을 주는 방식의 추함이고, 미보다 그에게 더 잘 어울린다"라고 결론적으로 말했다. 쏘로우를 몹시 좋아했던 『작은 아씨들』(*Little Women*, 1868)의 작가 루이자 메이 올콧 역시 "그 결점들 아래에서 하나님의 눈은 완벽한 사람의 모델이 되는 기품 있는 선함을 보았다"라고 쓰면서 쏘로우의 여러 결점

사람들을 유치하고 야만적인 취미를 가진 사람들로 매도하고, 옷 만드는 공장은 사람들이 입을 적당한 옷을 만드는 목적보다는 돈을 많이 버는 데에만 관심을 두고 있다고 비판한다. 파티를 즐기고 의회에 들락거리는 사람들, 즉 정치인들은 사람 자체가 수시로 달라지므로 그 때마다 새 옷을 입을 필요가 있다고 쏘로우는 풍자적으로 말한다. 유행을 따라가거나 깨끗한 옷을 입지 못해 안달하는 것보다는 "건전한 양심"(21)을 가지려고 노력하는 것이 더 중요하다고 쏘로우는 강조한다. 또한 "새 옷을 필요로 하는 모든 사업"(22)은 조심해야 하는 사업이며, 새 옷을 입을 때는 동물의 털갈이 시기처럼 인생에서 위기에 봉착했을 때라고 쏘로우는 말한다. 이처럼 새 옷에 대해 부정적인 그는 소유보다는 인간 존재의 본질에 관심을 두고 있다. 따라서 그는 "헌 옷을 입고도 새사람처럼 느껴질 때까지는"(22) 우리의 옷이 아무리 누추하고 보잘 것 없더라도 새 옷을 사지 말라고 권고한다.

일주일이라는 짧은 기간 동안 두 번 이상 한 매장의 옷들이 새로운 패션으로 진열되는 패스트 패션(fast fashion)의 대명사인 자라(ZARA)나 에이치앤엠(H&M), 또는 유니클로(Uniqlo) 같은 브랜드들이 세계적으로 선풍적인 인기를 얻는 이 시대에, 또 소비가 나라의 경제를 살리는 미덕이 되어 버린 오늘날,

---

에도 그에게 호감을 표하고 있다(Schnakenberg 56-57).

새 옷에 대한 쏘로우와 같은 생각은 완전히 시대에 뒤떨어진 생각처럼 보인다. 그러나 우리는 쏘로우가 새 옷의 소비에 대해 가진 반감의 근원에 대해 생각해볼 필요가 있다. 그에게 옷은 쉽게 입고 소비해버리는 물건을 뜻하는 것이 아니라 사람의 본질 또는 그의 존재를 상징하는 것이기 때문이다.

2. 주택

현재 우리 사회에서도 생활인들이 반드시 필요로 하며 소유하기를 원하는 것이 무엇이냐고 질문한다면, 대다수의 사람들이 아파트를 비롯한 주택을 꼽을 것이다. 물론 집을 소유하는 것만큼의 큰 금액을 필요로 하는 것이 아니라면, 그 다음으로 소유하고픈 물건은 아마 자동차가 되겠지만 말이다. 서울을 비롯한 대도시에서는 주택의 소유 비용이 너무 비싸서, 주택은 가장 짐스러운 생활필수품 가운데 하나이다. 그런데 쏘로우 당시의 사람들에게도 집은 가장 비용이 많이 드는 소유물이었던 것 같다. 현재 보스턴은 미국에서 가장 집값이 비싼 곳 중의 하나이지만, 보스턴에서 약 20마일 떨어진 서북쪽에 위치한 조그만 읍 규모의 도시 콩코드도 당시의 집값이 만만치 않았던 것 같다. 쏘로우는 월든 주변에 있는 보통의 집 가격이 약 800달러이며, 부양가족이 없는 노동자가 그런 집을 사기위해서는 10년에서 15년의 세월이 걸린다고 밝히고 있다. 그리고 콩코드의 농부들이 20년에서 40년이라는 생애의 반에 해당하는 긴 세월을 힘겨운 노동을 하며 살아야 하는 까닭 역시 빚을 얻어 산 그들의 농장 때문이라고 지적한다. 그들은 대부분 은행에서 담보대출을 얻어 농장을 구매했고, 은행 빚을 모두 갚고 그 농장을 온전히 소유하기 위해서는 그토록 긴 세월의 노동이 필요하다는 것이다. 이는 현재 우리나라에서도 꼭 마찬가지로 일어나고 있는 현상이다. 사람들은 가족이 함께 살 수 있는 아파트를 마련하기를 원하고, 그것을 온전히 소유하기 위해서는 10년 이상의 은행 담보 빚을 갚아야 한다.

그러나 집을 소유하기 위해 자신의 소중한 시간을 허비할 생각이 없는 쏘로우는 저렴한 방법으로 집을 소유하는 방법을 고안해 낸다. 그것은 바로 자기 스스로의 힘으로 거주할 집을 짓는 것이다. 요즘 가난한 사람들에게 봉사자들이 직접 자신의 시간과 노동을 투자하여 집을 지어주는 해비타트 운동이 우리나라를 비롯해 세계적으로 유행하고 있다. 봉사자들이 단순히 어려운 이웃에게 집을 마련해주기 위해 돈만 기부하는 것이 아니라 자신의 손으로 직접 집을 지어준다는 것에 그들은 더 특별한 의미를 스스로 부여할 것이다. 그런데 쏘로우 역시 은행에 빚지지 않고 직접 자신이 거주할 집을 짓기로 함으로써 그 일에 대해 특별한 의미를 부여한다.

쏘로우는 스스로의 수고와 노동으로 자기 집을 짓는 것을

"소박하고 자연스러운 일"(43)이라고 말한다. 그렇다면 남들이 지은 집에 살고 있는 대다수의 사람들은 자연스럽지 못하다는 이야기가 된다. 또한 그는 "사람들이 자기 손으로 집을 짓고 충분히 소박하고 정직한 방식으로 자신과 가족에게 먹을 것을 조달한다면" 그들에게는 새들이 집지을 때 노래하는 것과 같이 모두에게 "시적 재능"이 피어날 것이라고 말한다. 그러나 남들이 지은 집에 사는 우리는 다른 새의 둥지에 자기의 알을 몰래 낳는 얌체 같은 새이며, 노랫소리도 아름답지 않은 찌르레기나 뻐꾸기와 같다고 비유적으로 비판한다.

〈집짓기〉

자신의 손으로 직접 집을 짓기로 결정한 쏘로우는 1845년 4월 중순, 집의 뼈대를 짜서 세우기 전, 아일랜드 출신 이민자인 제임스 콜린스라는 사람의 판잣집을 4달러 25센트에 구입했다. 그리고 그 판잣집을 해체하여 두었다가, 5월 초 어느 날 지인들의 도움을 받아 집의 틀을 세우고, 7월 4일 마침내 완성된 집에 입주를 하게 된다. 집의 크기는 가로 10피트(3미터), 세로 15피트(4.5미터), 그리고 높이 8피트(2.4미터)의 아주 작은 집이었다. 집안에는 다락과 벽장이 있고, 양 쪽에 큰 유리창이 하나씩 있고, 두 개의 들창이 있었다. 그리고 한쪽 끝에 문이 있고, 그 반대편에 벽돌을 쌓아 만든 벽난로가 있었다. (현재 월든 호수에 가면 호수의 서북쪽 편에 쏘로우가 살았던 집의 집터에 집

• 쏘로우의 집이 있었던 집터

• 쏘로우 동상(월든 주립 공원 내 복제된 쏘로우의
집 앞에 세워져 있다)

터의 모습을 보여주는 경계 석들이 서 있다. 월든 호수는 주립공원으로 지정되어 있는데, 호수 북편의 길 건너 공원 주차장 부근에 그가 살았던 집을 원래 모양과 크기 그대로 복제한 작은 집이 세워져 있다. 그리고 그 집 앞에는 쏘로우의 동상이 서 있다. 사진 참조) 또한 남향의 언덕 기슭에 쏘로우는 평방 6피트(1.8미터)에 깊이 7피트(2.1미터)의 지하실을 팠고, 집 바로 옆에는 집을 짓고 남은 자재로 작은 나무헛간도 한 채 지었다.

쏘로우는 그 집을 짓는데 총 재료비로 28달러 12.5센트를 썼으며, 건축비의 자세한 내역을 책에서 소개하고 있다. 그런데 흥미로운 것은 그 건축비의 총액이 그가 하버드 대학을 다니면서

Cost of Materials for Thoreau's House (from Walden)		
Boards	$8.03 1/2,	mostly shanty boards
Refuse shingles for roof and sides	4.00	
Laths	1.25	
Two second-hand windows with glass	2.43	
One thousand old brick	4.00	
Two casks of lime	2.40	That was high.
Hair	0.31	More than I needed.
Mantle-tree iron	0.15	
Nails	3.90	
Hinges and screws	0.14	
Latch	0.10	
Chalk	0.01	
Transportation	1.40	I carried a good part on my back
In all	$28.12 1/2	

• 집을 짓는데 든 비용표

빌린 집세보다 적게 들었다는 점이다. 쏘로우는 그 점을 강조하고 있는데, 그의 집보다 조금 더 큰 방을 대학 재학 중 4년 동안 빌리는데 든 비용이 30달러였음을 감안하면 저렴한 비용이 들었다고 할 수 있다. 물론 하버드 대학이 있는 캠브리지(Cambridge)는 땅 값이 많이 비싼 곳이라는 사실을 생각해야 하겠지만 말이다.

● 쏘로우의 복제된 집 외관 1

● 쏘로우의 복제된 집 외관 2

〈가구와 살림살이〉

집안가구에 대한 쏘로우의 생각은 옷에 대한 생각과 유사하다. 쏘로우는 사람들이 쓸데없는 가구들로 집을 치장한다고 생각한다. 가구는 그 실용성과 편의가 우선인데, 그의 당대 사람들은 가구를 집을 장식하는 사치품으로 여긴다는 것이다. 앞서 옷을 사람의 본질이나 존재를 상징하는 것으로 보았기 때문에 새 옷을 사 입는 것에 대해 신중해야 한다고 말했듯이, 가구로 집을 장식하는 것에 대해서도 쏘로우는 부정적이다. 왜냐하면 집을 아름다운 가구로 장식하기 전에 집주인이 먼저 가져야 할 것이 바로 "생활의 무의식적인 아름다움"(45)이기 때문이다. 거주자의 의식하지 않은 삶이 "진실"(44)하고 "고귀"(44)할 때 그의 생활이 아름다운 것이고, 그 주인의 아름다운 삶에서 그 집의 건축미가 점차 드러날 수 있다는 것이다. 그래서 쏘로우는 아름다운 집이란 비싸고 사치한 가구들로 장식되기 전에 벽들이 깨끗해야 하고 생활이 깨끗해야 하며 집안이 잘 정돈되는(36) 것과 같은 기본이 되어 있는 집이라고 말한다.

실로 쏘로우가 생각하는 가장 이상적인 집은 "가난한 사람들이 사는 겸손하고 소박한 통나무집과 오두막집"(45)이다. 왜냐하면 그런 집들은 거주자들의 "성격"과 삶이 그대로 배어 나오는 집이기 때문이다. 겉만 예쁜 사치한 집은 "공허할" 따름이라고 쏘로우는 말한다. 그래서 거주자의 혼이 전혀 서려 있지 않은 집을 짓는다는 것은 자신의 "관"을 만드는 것이나 다름없다고 쏘로우는 강조한다. 겉모양만 아름다운 집을 짓는다는 것은 "무덤"을 만드는 것이며, 그 집을 짓는 "'목수'"는 "'관 만드는 사람'"(45)에 지나지 않는다는 것이다.

실로 월든 숲 속에 있는 쏘로우의 판잣집 살림은 너무나 간소했다. 쏘로우는 가구의 일부를 직접 만들었다. 그리고 나머지 필요한 가구는 남이 사용하지 않는 것을 재활용했다. 즉 그는 마을의 다락방에서 별도의 비용을 지불하지 않고 그냥 가져올 수 있는 의자 같은 것을 가져와 사용했다. 그래서 쏘로우는 『월든』에서 그의 집안에 놓여 있는 가구와 기구를 다음과 같이 소상하게 일일이 기록한다. 그것은 "침대 하나, 탁자 하나, 책상 하나, 의자 세 개, 직경 3인치의 거울 하나, 부젓가락과 난로의 철제 장작 받침쇠 각각 한 벌, 솥 한 개, 냄비 한 개, 프라이팬 한 개, 국자 한 개, 개수통 한 개, 나이프와 포크 두 벌, 접시 세 개, 컵 한 개, 숟가락 한 개, 기름 항아리 한 개, 당밀 항아리 한 개, 그리고 옻칠한 램프 한 개"(62)였다. 이들 가구와 기구들은 그야말로 생활을 위한 최소한의 것들에 불과하다. 그래서 쏘로우의 집을 방문한 손님들은 식사시간에 그의 집에 머무를 생각을 하지는 못했을 것이다. 식사에 필요한 식기조차 1명 이상의 사람이 사용하기에 불충분했기 때문이다.

• 쏘로우의 집의 내부

이처럼 최소한의 것으로 집안 살림을 차린 쏘로우는 가구를 많이 소유한 사람을 거미줄에 걸려든 "화려한 나비"에 비유한다(63). 그것은 그가 거추장스러운 가구에 대한 걱정 때문에 자유와 홀가분함을 잃어버린 사람이기 때문이다. 또한 쏘로우에게는 이사할 때마다 끌고 다녀야 하는 가구가 많은 사람은 덫에 걸린 여우나 사향쥐처럼 궁지에 빠진 사람으로 여겨지기도 한다. 차이가 있다면 덫에 걸린 여우는 꼬리를 잘라 버리고 도망가고, 덫에 걸린 사향쥐는 덫에서 해방되기 위해 세 번째 다리라도 물어뜯는 것으로 알려져 있지만, 인간은 그렇지 않다는 것이다. 즉 자기가 소유한 가구에 묶인 채 인간이 전진하려고 할 때, 그의 몸은 "옹잇구멍이나 출입구"를 빠져 나갈지 모르지만 "썰매에 가득 실은 그의 가구"는 빠져 나가지 못하는 궁지에 빠진다는 것이 인간과 동물의 차이라는 것이다(63). 쏘로우가 보기에, 가구는 사람들이 짊어진 짐이며, 따라서 가구가 많은 부자는 짊어지고 가야하는 짐이 크고 무거운 사람일 따름이다.

필요한 가구를 들이는데 별 비용을 들이지 않은 쏘로우는 커튼 값으로 한 푼도 쓰지 않은 것을 자랑한다. 커튼을 달지 않은 이유로 쏘로우는 해와 달 외에는 그의 집 창문을 들여다 볼 사람이 없을 뿐만 아니라, 달이 비추어 상할 고기나 우유도 없고 햇빛이 쬐어 변형이나 변색이 될 가구도 없기 때문이라고 말한다. 쏘로우의 이런 말들은 먹고 사는 문제에 있어 최소한으로 살고 있음을 강조하기 위함이지만, 그의 말에서는 소유욕 없이 사는 자의 여유가 묻어난다. 해와 달이 자신의 집안을 들여다보는 것을 환영하기 때문에 커튼이 필요 없다고 말하는 쏘로우는 햇빛이 뜨거울 때도 돈으로 구매해야하는 물건인 커튼을 설치하기보다는 자연이 베풀어주는 나무그늘로 들어가겠다고 멋있게 말한다.

3. 음식

달빛이 상하게 할 고기와 우유도 없다는 말에서 쏘로우가 혹시 고기와 우유를 전혀 먹지 않고 살았단 말인가 하는 의문을 가질 수 있다. 사실은 그렇다고 볼 수 있다. 후에 자세히 살펴보겠지만, 쏘로우가 기록한 처음 약 8개월 동안의 가계부를 보면, 그 긴 기간 동안 쏘로우는 아주 소액($0.22)의 돼지고기를 산 것 외에는 고기를 사는데 식비를 전혀 쓰지 않았다. 이런 점에서 쏘로우는 채식주의자라고 불릴만하다. 실로 그는 육식을 하는 것은 깨끗하지 못하다고 했는데, 이 점에 대해서는 잠시 후에 살펴보겠다.

음식과 관련하여 또 한 가지 주목할 점은 쏘로우가 식량의 일부분을 자급자족했다는 점이다. 스스로 재배할 수 없어서 돈을 주고 산 음식 재료들이 있지만, 쏘로우는 그의 음식재료의 일부분을 손수 농사를 지어 마련했다. 그가 이처럼 직접 밭을 일군 이유는 쏘로우에게 자급자족을 위한 농사라는 것이 단순히 식량을 재배하는 것 이상의 귀한 의미를 가졌기 때문이다. 앞서 인용한 것처럼, 쏘로우는 자기가 살 집을 자신의 손으로 짓고 자기 먹을 식량을 자기가 재배하는 사람은 새가 자기 둥지를 짓고 자기 새끼에게 먹일 먹이를 구하면서 지저귀는 노랫소리와 같은 자연스러운 시적 능력을 가지게 된다고 말한다.

따라서 이런 쏘로우에게 자신이 먹고 살 식량을 재배하는 것 이상의 상업적 이익에만 관심을 두고 농사짓는 농부는 당연히 비판의 대상이다. 제7장 「콩밭」에서 쏘로우는 오로지 소출에만 관심을 두는 농사와 농부에 대해 비판적 태도를 보인다. 즉 옛 시와 신화에서는 농사가 일종의 "신성한 예술"(156)에 비유되었다. 그러나 쏘로우의 시대의 농사일은 품위를 잃게 되었고 농부는 비천한 삶을 영위하게 되었는데, 그 이유는 이제 농부가 오로지 큰 농장을 소유하고 큰 수확을 거둘 목적으로 농사를 짓게 되었고, 땅을 재산이나 재산 획득의 주요 수단으로만 여기기 때문이다(156). 그래서 과거에는 "농업의 신"이나 "대지의 신"에게 바치는 제사도 있었고, 농업 그 자체의 신성함을 표현하는 의식이나 행사도 있었지만, 쏘로우의 시대의 농부들은 오로지 "지옥의 부(富)의 신"에게만 제사한다고 불만을 토로한다(156).

농사 자체보다 수확에서 나오는 돈에만 관심이 있는 탐욕스런 농부의 예는 9장 「호수들」장에도 나온다. 쏘로우는 월든 근처 링컨(Lincoln)에 위치한 플린트(Flint) 호숫가에 농장을 가진 농부의 탐욕스런 행위를 고발하며 그 농부의 어리석음을 맹비난한다. 그 농부는 호숫가에 자기의 농장을 만들기 위해 나무를 함부로 베어 내고 개간을 한 이유로 쏘로우의 분노를 샀다. 그런데 그렇게 자연을 훼손시킨 욕심 많은 농부가 그 호수에 자신의 이름을 붙였는데, 쏘로우는 그 뻔뻔한 행위에 대해 분노하며 그 농부의 재물에 대한 욕심에 대해 다음과 같이 비난한다.

플린트 호수라니! 우리가 이름을 붙이는 방식은 이처럼 빈약하다. 이 하늘 물 옆에 자신의 농장을 만들고 그 물가의 나무들을 무자비하게 베어 넘긴 불결하고 어리석은 농부가 무슨 권리로 그의 이름을 이 호수에 붙였단 말인가? 그는 자신의 철면피 같은 얼굴이 비치는 1달러짜리 동전이나 반짝이는 1센트짜리 동전의 반사되는 표면을 더 사랑하는 탐욕스런 사람이 아닌가? 그는 심지어 호수에 내려앉은 야생오리들을 무단 침입자로 보는 사람이다. 하피[2]처럼 움켜쥐는 오랜 습관으로 인하여 그의 손가락들은 꼬부라지고 뿔처럼 단단한 맹금의 발톱으로 변해버렸다. 그러므로 플린트 호수란 이름을 나는 받아들이기 힘들다. 나는 그 농부를 보거나 그에 대한 이야기를 듣기 위해 그 호수에 가는 것이 아니다. 그 농부는 한 번도 참다운 눈으로 그 호수를 본 적이 없었고, 호수에서 멱을 감은 일도 없었고, 호수를 사랑한 적도 없었고, 보호한 적도 없었다. 호수에 대해 좋은 말 한마디 한 적이 없었고, 그 호수를 만든 하느님에게 한 번 감사한 적도 없었다. 차라리 그 호수의 이름을 그 속에서 헤엄치는 어느

---

[2] 하피(Harpy)는 그리스 신화에 나오는 얼굴과 상반신은 추녀의 모습이고, 날개와 꼬리, 발톱은 새의 모습을 한 괴물이다. 죽은 사람의 영혼을 나르는 일을 했다. 잔인하고 탐욕스러운 사람을 하피에 비유한다.

물고기나 그곳에 자주 모습을 나타내는 야생 새나 네발
짐승, 또는 그 물가에서 자라는 야생화, 또는 그의 인생
사가 호수의 내력과 연관이 있는 어떤 야성을 가진 어른
이나 아이의 이름을 따라 짓도록 하라. 자신과 비슷한 생
각을 가진 이웃 사람이나 또는 법률이 그에게 준 토지 중
서 말고는 아무런 권리도 주장할 수 없는 사람, 그 호수의
금전적 가치만 따진 사람의 이름을 붙이지는 말라. (강조
원문, 185)

호수의 진정한 자연적인 가치를 알아보지 못하고 오직 재
물의 관점에서만 호수를 바라보는 탐욕스런 농부에 대한 비
난을 담은 이 인용문에서 우리는 자신이 저지른 자연 훼손에
대해서는 아무런 느낌이 없는 플린트라는 농부에 대한 쏘로
우의 통렬한 비판과 함께 자연에 대한 쏘로우의 애정을 엿볼
수 있다. 쏘로우가 자연을 대하는 태도에는 자연의 참모습을
보고 즐기는 사람의 소박한 애정이 묻어난다. 멀리서 자연의
관조하는 사람의 태도에서 비롯된 추상적인 자연 사랑이 아
니라, 호수에서 수영을 하기도 하고, 그 곳에 사는 물고기와
그 주위에 사는 동물과 식물에 이르기까지 자세히 알고 있고,
그들 하나하나의 존재를 인정하고 있다는 사실에서 쏘로우의
살가운 자연 사랑이 실제로 느껴진다.

그런데 이 농부의 잘못에 대한 쏘로우의 비판은 여기서 끝

나지 않고 더 계속된다. 이 농부는 그 호숫가에서 농사를 짓기 시작한 이후 그 땅의 지력을 모두 소진시켰고, 또 돈만 된다면, 호수의 물까지도 모두 다 써버릴 사람이라고 쏘로우는 비난한다. 그래서 쏘로우는 농장을 일구어 낸 그의 노동에 대해서도 그리고 모든 것에 가격이 매겨져 있는 그의 농장에 대해서도 존경의 마음을 가질 수 없다고 말한다. 이 농부는 철저한 배금주의자여서 이익만 얻을 수 있다면 경치뿐만 아니라 하느님도 시장에 내 놓을 것이라고 하면서, 쏘로우는 농부의 돈에 대한 관심을 다음과 같이 진술한다.

> 그의 진짜 하느님을 **찾으러** 그는 시장에 간다. 그의 농장에서는 아무 것도 공짜로 자라는 것이 없다. 그의 들판에서는 곡식이 열리지 않고 돈(dollars)이 열리며, 들판에서는 꽃이 아니라 돈이 피어나며, 그의 과일나무들에는 과일이 아니라 돈이 열리는 것이다. 그는 과일의 아름다움을 사랑하지 않으며, 과일이 돈으로 환금될 때까지는 익은 것이 아니다. (186)

배금주의적인 농부를 비판하는 쏘로우의 이 글은 너무나 적확한 표현이어서 그의 글 솜씨에 감탄하지 않을 수 없다.

그렇다면 쏘로우에게 "참된 농부"(157)란 어떤 사람일까? 쏘로우는 진정한 농부는, 위에 소개된 플린트 농장의 소유주 같이 오직 농사를 통해 거둘 수 있는 이익에만 관심이 있는 농부와는 대조적으로, 그가 사는 숲속에 있는 가을에 밤이 얼마나 많이 열릴지 전혀 걱정하지 않는 다람쥐들처럼, 소출에 대한 모든 걱정에서 벗어난 사람이라고 말한다. 그가 수확한 농산물로 얼마를 벌까를 매일 계산하는 그런 사람이 아니라, 매일 해야 할 일을 마치면, "자기 밭에서 나는 작물에 대한 모든 권리를 포기하고, 첫 소출뿐만 아니라 마지막 소출까지도 희생할 각오를 가진"(157) 사람이라고 쏘로우는 설명한다.

〈농사〉

쏘로우는 식비를 아끼기 위하여 그리고 수확물의 일부를 판 대금으로 집 짓는 경비에 보태기 위해 집 근처의 땅을 개간하여 밭을 만들었다. 첫해에는 2에이커 반³쯤 넓이의 땅에 콩과 감자, 옥수수, 완두콩과 무를 직접 심었다. 농사를 위해 식물의 종자 값과 농기구비, 품삯 등으로 14달러 72.5센트의 비용이 들었다. 그 결과, 쏘로우는 콩 12부셸과⁴ 감자 8부셸, 그리고 약간의 옥수수와 완두콩을 수확했으며, 합계 23달러 44센트의 수입을 얻었다. 그래서 농사짓는 데 든 모든 비용을 차

---

³ 1에이커(acre)는 약 4046.8 제곱미터이다. 그러므로 쏘로우는 약 10,000 제곱미터나 되는 넓은 땅을 혼자 경작한 것이다. 2에이커나 되는 넓은 땅에 콩을 심었지만, 쏘로우는 자신이 피타고라스처럼 콩을 싫어했고, 쌀과 바꾸어 먹기 위해 콩 농사를 지었다고 제7장 「콩밭」에서 밝히고 있다(152).

⁴ 1부셸(bushel)은 약 36리터, 약 2말이다.

감한 후, 쏘로우는 순이익으로 8달러 71.5센트를 얻게 되었다.

　그런데 농사일을 하는데 있어 쏘로우는 인근의 다른 농부들과는 다른 독특한 농업 경제학을 실천한다. 그것은 농사지은 지 2년 째 되는 해에 쏘로우가 식량 수확을 위해 꼭 필요하다고 생각되는 1/3에이커의 땅을 혼자의 힘으로 갈아엎은 일에 대한 것이다. 대다수의 농부들처럼 쏘로우도 가축의 도움을 빌어 농사를 지을 수도 있었겠지만, 쏘로우는 그 방법을 사용하지 않았다. 그 까닭은 가축을 사용하여 농사를 지으려면 그 가축을 먹여야하는데, 가축을 먹이는 일이 혼자 힘으로 농사짓는 것보다 훨씬 힘들다고 판단했기 때문이다. 이런 판단은 대단히 쏘로우다운 신선한 발상으로 보인다. 농사에 소를 이용하기 위해서는 당연히 소여물을 만들어야 하고, 또 소여물을 만들기 위해서는 건초를 만들어야 한다. 그런데 건초를 만들기 위해서는 6주간이라는 긴 기간 동안 힘든 노동을 해야 한다는 계산을 쏘로우가 하게 된 것이다. 가축을 먹이기 위해 사람이 노동을 한다면 그것은 가축이 사람의 주인이 된다는 것을 뜻한다. 비록 사람이 가축을 먹이는 이유가 그 가축을 사용하기 위해서라고 할지라도 말이다. 이는 자신의 시간을 소중하게 생각하는 쏘로우가 받아들이기 힘든 아이러니컬한 상황이 아닐 수 없다. 그래서 이런 상황을 예리하게 꿰뚫어 본 쏘로우는 결국 힘든 육체노동으로 자신의 몸이 힘들겠지만, 가축 사용을 하지 않는 농사 방법을 택한다.

참된 농부가 되기를 원하는 쏘로우는 농사를 그가 심은 작물과의 "긴 교제"(151)로 표현한다. 참된 농부는 소출을 가장 중요한 목적으로 하기보다는 농사를 짓는 긴 과정을 통해 자연과의 관계에서 소중한 교훈을 얻는 사람이다. 쏘로우는 콩을 심고, 김을 매고, 수확하고, 거두고, 팔기도 하며 먹기도 하는 농사의 긴 여정을 통해 먹을 것을 얻기도 하겠지만, 그것보다 훨씬 중요한, 정신적으로 유익한 것을 공급받는다고 주장한다.

> 빵이 항상 우리에게 자양분을 주는 것은 아닐 수 있다. 그러나 [농사일은] 항상 우리에게 이롭다. 그것은 심지어 뻣뻣한 우리의 관절들을 풀어주고, 우리가 왜 아픈지도 모를 때 인간이나 자연의 관대함을 깨닫게 하고 순수하고 영웅적인 기쁨을 공유하도록 함으로써 우리에게 좋은 일을 한다. (156)

이처럼 쏘로우에게 농사라는 것은 자연과의 관계를 통해 인간이 인간답게 살기 위해서 반드시 필요한 어떤 "관대함"과 "순수하고 영웅적인 기쁨"을 되찾게 해주고, 정신의 굳어진 관절에 유연성과 탄성을 다시 회복시켜주는 과정이다. 그래서 그는 이듬해에는 옥수수와 콩을 심으면서 옥수수 씨앗이나 콩 씨앗보다는 "신실함, 진리, 소박, 믿음, 순수"(154)의 씨앗을 심고자 한다.

〈쏘로우의 식재료〉

오늘날 채식은 세계적으로 유행하고 있는 웰빙 생활의 한 중요한 부분을 차지하고 있다. 본래 채식주의적인 밥상이 전통식이던 우리나라도 그 동안 우리나라 사람들의 식단에서 부족한 영양소로 여겨졌던 동물성 단백질을 섭취하기 위해 육류를 많이 먹다가 다이어트와 건강을 위해 다시 채식주의를 주장하는 시기를 최근 맞게 되었다. 그런데 쏘로우가 이미 약 160년 전에 채식주의를 주장했다는 사실은 놀라운 일이다. 오늘날 유기농 채소라고 하면 미국이나 우리나라에서 상당히 비싼 식재료여서 자신이 직접 경작하지 않는 이상은 부유한 이들만 즐길 수 있는 고급 식료품이다. 그러나 쏘로우의 식재료를 보면 소박하기 그지없다. 그가 숲에 들어간 1845년 7월 4일부터 1846년 3월 1일까지 8개월의 식비로 밝혀 놓은 목록을 보면 다음과 같다.

쌀	1달러 73 1/2센트
당밀	1달러 73센트 (가장 싼 종류의 사카린)
호밀가루	1달러 4 3/4센트
옥수수가루	99 3/4센트 (호밀보다 싸다)
돼지고기	22센트

밀가루	88센트 (가격과 수공 모두에 있어서, 옥수수가루보다 더 비싸다)
설탕	80센트
라드(돼지기름)	65센트
사과	25센트
말린 사과	22센트
고구마	10센트
호박 한 개	6센트
수박 한 통	2센트
소금	3센트 (56)

　실제로 그의 가계부에는 육류라고는 돼지고기 약간을 구입한 내역과 식용유로 썼을 라드 밖에 없다. 실로 이 목록을 보고 우리는 좀 놀랄 수밖에 없는데, 그 이유는 첫째, 그가 구입한 식재료가 너무 빈약해서이다. 8개월 동안의 음식 재료 내역으로 보기에 너무나 간소하고, 사과, 고구마, 호박, 고구마 외에는 주식으로 삼았을 쌀과 빵 만드는데 사용했을 곡식가루인 호밀가루, 옥수수가루, 밀가루와 당분으로 사용했을 당밀과 설탕이 거의 전부이기 때문이다. 물론 그가 농사를 지어 먹은 감자와 콩, 옥수수, 완두콩과 무가 있고, 또 숲속에서 따 먹었을 허클베리를 비롯한 과일이나 견과류가 있을 수 있지만, 이 목록만 보아서는 너무나 소박하게 먹고 살았다는 느낌이 든다.

더구나 이 간소한 음식재료에 쏘로우는 이스트도 포함시키지 않았다. 지금도 마찬가지이지만 반죽을 부풀어 오르게 만들어 폭신한 빵을 만드는데 반드시 필요하다고 생각될 뿐만 아니라 그 당시에는 건강에 좋은 빵을 만드는 때 꼭 필요하다고 믿고 있었던 이스트를, 쏘로우는 빵을 만드는 과정을 번거롭게 만든다고 하여 넣지 않았다. 그 결과 쏘로우는 아마도 납작하고 딱딱한, 그래서 맛은 떨어지는 빵을 먹을 수밖에 없었을 것이다. 이런 면을 보면 쏘로우는 옷과 집, 그리고 가구에서 뿐만 아니라 음식에 대해서도 아마 상당히 금욕주의적이었을 것으로 추측할 수 있다.

⟨마크로비오틱⟩

그리고 쏘로우는 보통 뉴잉글랜드에서 빵 만드는데 주로 사용하는 밀가루보다 호밀가루나 옥수수가루로 빵을 만들려고 노력했고, 쌀을 주식으로 삼았다. 그 이유는 뉴잉글랜드 지방에서 많이 나고 쉽게 직접 재배하여 식재료로 사용할 수 있는 호밀이나 옥수수가루보다 가게에서 사야하는 밀가루가 훨씬 비싸고 영양가가 더 있는 것도 아니라고 생각했기 때문이다. 이 부분에서도 쏘로우의 생각은 상당히 21세기적이다. 요즈음 밀가루 빵 대신 호밀빵이 훨씬 건강에도 좋고 영양가도 좋은 것으로 판단되어 비싸게 팔리고 있다. 그 뿐만 아니라 쏘로우는 상당히 최신 요리법의 선구자라고 할 수 있다. 그 요리법은 다름 아닌 '마크로비오틱'(macrobiotic)이라고 알려진 요리법이다. macro(큰), bio(생명), tic(방법, 기술)의 합성어인 '마크로비오틱'은 그 고장에서 재배된 계절 식품을 먹으면서 곡물은 통곡물 형태로, 채소는 식물은 열매나 잎뿐만 아니라 껍질과 뿌리까지 통째로 먹는 것을 말한다. 이렇게 음식물을 섭취할 때 음식물의 에너지를 최대로 얻는다고 보기 때문인데, 이 요리법은 "신토불이, 일물전체, 자연생활, 음양조화를 원칙으로 하는 식습관"[5] 으로 일본에서 장수건강법으로 각광을 받고 있다고 알려져 있다.

물론 쏘로우가 이런 건강 요리법을 알았을 리는 만무하지만, 그는 시대를 앞서 '마크로비오틱'의 정신을 정확하게 이해하고 있었고, 그것을 실천하지 않는 콩코드의 농부들을 비판한다. 즉 쏘로우는 지역에서 생산할 수 있는 옥수수와 호밀을 주식으로 하면 "멀리 있고 가격변동이 심한 시장"에 의지하지 않아도 된다는 사실을 지적한다. 그러나 "우리는 소박함과 독립심을 잃어버린 나머지 콩코드에서는 신선하고 달콤한 옥수수가루를 가게에서 구하기가 힘들며, 옥수수 죽을 만드는 데 사용하는 옥수수가루나 더 거친 형태의 옥수수를 사용하는 사람은 거의 없다"(60~61)라고 말하면서 쏘로우는 콩코드 농부들의 비경제적인 식습관을 비판한다. 대부분의 농부들이

---

[5] http://www.fnn.co.kr/content.asp?aid=11907cd3205f420eb3b3ea9fe19d4ffe&strParnt_id=40103000000

어리석게도 자신들이 직접 재배한 곡물을 소나 돼지에게 사료로 먹이고, 자신들은 가게에서 비싼 밀가루를 사먹는 잘못을 저지른다는 것이다.

식비를 아끼기 위해 쏘로우는 주위에서 구할 수 있는 식재료로 여러 가지 실험을 했다. 값이 비싼 설탕을 줄이고 대신 그보다는 값이 싸지만 다른 곡식가루보다는 상대적으로 비싼 당밀을 먹었다. 또 농축된 당분이 필요하면 호박이나 사탕무에서 양질의 당밀을 추출할 수 있음을 알게 되었고, 단풍나무 몇 그루만 있으면 거기에서 단풍시럽을 더 쉽게 얻을 수 있음도 실험을 통해 알게 되었다. 심지어 소금조차 먹지 않고 견딜 수 있다면 물도 적게 마실 것이라고 쏘로우는 말하기도 한다. 이런 식으로 "음식에 관한 한 일체의 거래와 물물교환을 피할 수 있게 된"(61) 쏘로우는 주당 27센트 가량의 식비로 알뜰하게 살 수 있었다.

〈우드척 에피소드〉

쏘로우의 식습관에 대해서 말하자면, 이미 언급한 소금에 절인 돼지고기 약간(22센트 어치)을 사서 먹은 것과 월든 호수에서 낚시로 직접 잡은 물고기를 먹은 것을 제외하고는 쏘로우는 채식주의를 실천했다. 이런 그가 앞서 언급한 소금에 절인 돼지고기 약간을 제외하고 육식을 한 적이 딱 한 번 있었는데, 그것은 우드척(Woodchuck)[6] 한 마리를 잡아먹은 사건이었다. 쏘로우는 약 2 에이커의 콩밭을 다른 사람의 노동이나 가축의 노동력과 같은 외부의 도움을 전혀 받지 않고 일구었다. 심지어 개량 농기구의 도움조차 전혀 없이, 오로지 호미 한 자루로 힘들게 콩밭 농사를 지었다. 그런데 우드척이라는 야생동물이 그 2에이커의 콩밭 가운데서 1/4에이커 면적의 콩을 깨끗이 갉아 먹은 사건이 발생했다.

신념적으로 채식주의자였지만, 아마도 화가 많이 났을 쏘로우는 그의 신념을 잠시 거두고 우드척 한 마리를 잡아먹었다. 그가 정성들인 콩밭을 쑥대밭으로 만든 우드척이어서 한 마리를 잡아먹는 것으로 우드척에게 복수를 한 것이다. 그러나 자연주의자이면서 채식주의자인 쏘로우가 그의 콩밭을 망친 분풀이로 우드척을—그는 실험적으로 한번 잡아먹어보았다고 말하지만(56)—의도적으로 잡아먹는 장면을 상상하면 웃음이 나지 않을 수 없다. 비록 「콩밭」장의 결론부분에서 쏘로우가 곡식의 수확만이 농부의 유일한 희망이어서는 안 된다고 말하면서 수확되는 콩의 일부는 우드척을 위해 자라는 것이라고 말하지만 말이다. 우드척을 잡아먹은 쏘로우는 "자기 밭에서 나는 작물에 대한 모든 권리를 포기하고, 첫 소출뿐만 아니라 마지막 소출까지도 희생할 각오를 가진" 사람이 진정한 농부라는 그의 "참된 농부" 이론을 스스로 위반한 셈이다.

---

6 그라운드 호그(ground hog)라고도 불리는 설치류의 동물이며, 마못(marmot)으로 알려진 몸집이 큰, 구멍 파는 다람쥐의 일종이다.

〈정신과 야성〉

쏘로우가 육식을 반대하는 구체적인 이유는 그가 "더 높은 … 정신적인(spiritual) 삶을 추구하는 본능"을 하등동물의 "원시적이고 천하며 야만적인 삶을 추구하는 또 다른 본능"(198)보다 더 중요하게 생각하기 때문이다. 쏘로우의 채식주의는 물질이나 육체보다는 정신을 더 중요하게 생각하는 그의 초월주의적 사고체계와 밀접한 관계가 있다. 자기 몸속에 있는 이 두 모순적인 본능의 갈등에 대해 쏘로우는 11장의 「도덕률」("Higher Laws")장에서 자세히 논한다.

그러나 육체 또는 물질보다 정신을 더 중요하게 생각한다고 해서 쏘로우가 반드시 정신만 중요하고 육체는 나쁜 것이라고 이야기한 것은 아니다. 그는 우리의 몸속에 있는 동물적 본성을 부정하지 않는다. 11장의 첫 부분에서 쏘로우는 어두워가는 숲 속에서 우드척 한 마리를 마주쳤을 때 그것을 잡아 먹고 싶은 충동을 느낀 적이 있다고 토로한다. 즉 낚시를 마치고 어두워진 숲을 지나 집으로 돌아오는 길에 그의 앞길을 몰래 스치고 지나가는 우드척 한 마리를 보는 순간 그는 "이상한 야만적인 기쁨의 전율을 느꼈고, 그것을 잡아 날것으로 게걸스럽게 먹어치우고 싶은 강렬한 유혹"(198)에 사로잡혔다고 말한다. 그러나 그는 배가 고파서 그런 생각을 한 것이 아니라 그 우드척이 대변하는 "야성"에 식욕이 동했다고 밝히고 있다. 결국 여기서 쏘로우는 자기 속에 고매한 정신과 함께 야성에 동조하는 육체적 본성이 강하게 자리하고 있다는 것을 인정하고 있는 것이다.

〈사냥과 낚시〉

인간에게는 보편적으로 야성이 존재한다는 것을 이야기하면서 쏘로우는 그 야성의 예를 어린아이 시절 자연 속에서 자라나는 미국의 아이들이 일정기간 빠지게 되어 있는 사냥과 낚시에서 찾는다. 사냥이 낚시보다 더 비인도적이라는 생각을 하고 있음에도 쏘로우는 사냥이 가치 있는 스포츠라고 말하고 있으며, 사냥을 그가 받은 최고의 교육 가운데 하나라고 긍정적으로 평가한다. 비록 그가 이런 평가를 내리는 것에는 제대로 성장하는 사람들은 그 단계를 넘어설 것이라고 다음과 같이 예측하기 때문이다.

젊은이는 숲과 자신의 가장 독창적인 부분을 그런 식으로 가장 자주 알게 된다. 처음에 그는 사냥꾼과 낚시꾼으로서 숲에 간다. 그러나 그가 자신 속에 보다 나은 삶의 씨앗을 가진 사람이라면, 시인으로서든 박물학자로서든, 자신의 올바른 목표를 찾게 되어 총과 낚싯대를 버리게 된다. 대부분의 사람들은 이런 면에서 여전히 청소년기를 벗어나지 못하고 있으며 아마 항상 그러할 것이다.

어떤 나라들에서는 목사가 사냥을 하는 것이 드문 현상
이 아니다. 그런 사람은 좋은 양치기 개 노릇은 할지는
모르겠으나 좋은 목자가 되는 것과는 거리가 먼 사람이
다. (200~201)

쏘로우는 아이들을 짐승과 물고기를 잡는 단계를 넘어서서
어떤 숲에서도 그들이 잡을 만한 큰 사냥감을 발견할 수 없는
"위대한 사냥꾼들," 즉 "인간을 낚는 낚시꾼일 뿐만 아니라
인간을 잡는 사냥꾼"으로 키우라고 격려한다(200). 월든 호수
에서 낚시를 하다가 한 마리도 낚지 못할지라도 물고기를 많
이 잡지 못한 것만 원통하게 생각하여 시간 낭비했다고 불평
하는 것이 아니라, 낚시하는 내내 호수를 바라볼 기회를 가졌
던 것을 기뻐할 수 있는 경지에 이르기를 쏘로우는 기대하는
것 같다. 물고기 잡는 것만을 목적으로 낚시하는 것을 쏘로우
는 "하등동물"의 본능으로 간주한다(201). "낚시질의 앙금," 즉
낚시로 물고기를 잡겠다는 목적을 모두 바닥으로 가라앉히고
목적이 순수해질 때까지는 천 번 넘게 낚시를 가야할 지도 모
르지만, 쏘로우는 그런 "정화과정"(201)이 필요하다고 생각한다.

〈육식과 채식〉

쏘로우는 채식하는 이유로 육식의 "불결함"과 비경제성을
든다(202). 육식의 깨끗하지 못함은 물고기를 먹는 것에도 해

당된다고 쏘로우는 말한다. 그것은 그가 직접 요리를 하고 청소를 비롯한 집안일을 해 본 경험에서 나오는 이야기라고 말한다. 육식뿐만 아니라 물고기를 먹기 위해 고기를 장만하는 과정에서 내장을 제거하는 일과 요리하는 과정, 그리고 집에 베인 나쁜 냄새와 고기 장만 과정의 흉한 모습을 모두 고려했을 때, 드는 노력에 비해 결과가 너무 보잘 것 없다는 것이다. 적지 않은 시간과 노력을 들여 고기나 물고기를 요리하고 나서 그것을 먹었을 때, 빵이나 감자를 몇 개 먹은 것보다 더 많이 배부르지는 않다고 하면서 쏘로우는 그 비효율성을 지적한다.

또한 쏘로우는 자신이 육식에 대한 일종의 본능적인 거부감을 가지고 있었다고 밝히고 있다. 육식에 대한 그의 거부감은 차와 커피에 대한 그의 거부감과도 연관이 있다. 그것은 육류와 커피, 차와 같은 음식은 사치스러운 것이라는 그의 인식 때문인 것 같다. 쏘로우는 검소한 생활과 검소한 식사를 더 아름다운 것이라고 생각하고 그런 생활을 유지하기 위해 의식적으로 노력했다고 쓰고 있다. 그 이유는 "자기의 더 높은 또는 시적인 능력을 진정 최상의 상태로 보존하고자 한 사람은 누구나 특히 육식을 삼가고 어떤 음식이든 많이 먹는 것을 피하는 경향이 있었다"(202)고 쏘로우가 믿었기 때문이다. 자신의 시적인 상상력을 최고조로 유지하기 위해서는 육식을 해서는 안 된다고 믿었기 때문에 쏘로우는 수년간 고기를 거의 먹지 않았다고 말한다.

그래서 전 세계적으로 웰빙을 부르짖는 오늘날의 사회에서 더 선각자적인 행동으로 여겨지는 쏘로우의 채식주의는 그의 금욕주의적 사고방식에서 비롯된 것으로 보인다. 즉 쏘로우는 폭식과 탐욕스러운 식성을 천한 것으로 여겼고, 음식 자체보다는 음식을 대하는 인간의 식성을 문제 삼았다. 그래서 그는 음식의 양과 질 보다는 식도락가적인 태도를 문제 삼았으며, 먹고 마시면서 세월을 즐기는 생활을 더럽고 천박한 것으로 여겼다. 그에게 육식이나 커피, 차는 사치스런 음식으로 여겨졌고, 따라서 그런 음식은 상상력을 거스르는 음식으로 가까이하지 않았다. 그렇다면 쏘로우는 우리가 어떤 음식을 먹어야 한다고 생각했을까? 그는 우리가 육체에 뿐만 아니라 상상력에도 음식을 주어야 한다고 하며 다음과 같이 말한다.

상상력을 거스르지 않을 정도로 소박하고 깨끗한 음식을 마련하고 요리하는 것은 쉬운 일이 아니다. 그러나 우리가 육체에 먹을 것을 줄 때 상상력에게도 먹을 것을 주어야 한다고 나는 생각한다. 이 둘은 함께 같은 식탁에 앉아야 한다. 그러나 아마도 이 일은 가능할 것이다. 과일을 적당하게 먹을 때 우리는 식욕을 부끄럽게 여길 필요가 없으며, 우리가 추구하는 가장 가치 있는 작업을 방해하지도 않을 것이다. 그러나 음식에 과다한 양념을 치면 그것은 당신에게 독이 될 것이다. 진수성찬을 먹으면서 사는 것은 바람직한 일이 아니다. 대부분의 사람들은 그것이 육식이든 채식이든 남들이 자신들에게 매일 마련해주는 그 똑같은 음식을 스스로 마련하는 모습을 다른 사람에게 보이게 되면 수치심을 느끼게 될 것이다. 그러나 이러한 상황이 바뀌기 전까지는 우리는 문명화되었다고 할 수 없으며, 신사 숙녀일지는 몰라도, 진정한 남자와 여자라고 할 수는 없다. 이것은 확실히 어떤 변화가 있어야 할 것인지를 암시한다. (203)

왜 상상력이 고기나 기름기와는 어울리지 않는지 그 이유를 말할 수는 없지만 인간이 육식을 하는 것은 부끄러운 일이라고 쏘로우는 말하며, 인류 문명이 발전하면서 육식을 결국 버리게 될 것이라고 예측한다. 그러면서 인간이 육식을 버리는 일을 문명과 접한 식인종의 식인습관 포기에 비유하기도 한다(203~204). 그리고 육식을 버린 인간에게 체력의 저하가 생길 수는 있겠지만, 이런 일은 "더 높은 원칙"에 순응하는 삶이므로 낙심할 필요가 없다고 쏘로우는 위로한다(204).

또한 쏘로우는 오랫동안 음료수로 물만 마셔왔다고 말하면서, 그 이유는 물이 사람을 취하게 하는 와인과는 달리 "현명한 사람들을 위한 유일한 음료"(204)라고 생각했기 때문이라고 말한다. 그러면서 따뜻한 모닝커피나 저녁 차 한잔을 마시고 싶은 마음이 드는 것조차 그는 "천박한" 유혹이라고 말한다. 그렇다면 하루에도 몇 잔씩 커피와 차를 마시고 사는 오늘날의 우리를 보고 쏘로우는 과연 무엇이라고 말할까?

그러나 자신의 도덕적 능력과 시적 상상력의 보존과 확장을 위하여 이렇게 기름기 없고 자극성 없는 소박한 음식을 먹고 살기를 주장하고 또 그렇게 사는 삶을 대체로 실천했지만, 쏘로우는 월든에 있으면서 가끔 가계에 부담을 주는 외식도 하고 살았다고 고백한다(58). 뿐만 아니라, 월든 숲에서 약 1.5마일 떨어진 콩코드에 살고 있던 쏘로우의 어머니는 가끔 파이나 케익 같은 것을 구워 아들의 집에 가져다주곤 했다고 알려져 있다. 이처럼 재미있지만 잘 알려지지 않은 일화들은 정신적으로 높은 이상과 시적 상상력을 추구하는 삶을 살기 위해 "소박하고 깨끗한 음식"만을 섭취하기를 주장한 금욕주의적인 쏘로우의 입지에 약간의 흠집이 될 듯하다.

절제와 노동

이처럼 쏘로우는 대단한 금욕주의자로 보이고 물질이나 육체보다는 정신을 높이 평가하는 초월주의자이지만, 육체적 본성 역시 긍정적인 역할을 할 수 있다고 주장한다. 다만 거기에는 육체적 본성이 정신에 의해 조절되는 '절제'라는 기제가 작동될 때라는 조건이 붙는다. 우리 몸속에 있는 "동물"은 "우리의 보다 고귀한 품성이 잠들어 있는 비율만큼 깨어 있다"(206)고 쏘로우는 말한다. 이 몸속에 들어 있는 인간의 동물성은 "파충류적이고 관능적"이며 우리 몸에서 "완전히 축출될 수는 없는 것"(206)일지도 모른다고 쏘로우는 생각했다. 그리고 그 동물적 본성은 인간이 변화시킬 수 없는 것이며, 그것은 마치 우리 몸속에 기생하고 있는 기생충처럼 그 자체의 생명력을 향유하고 있어서 인간의 통제권 바깥에 있는 것일 수도 있다. 그러나 우리 몸속의 "동물" 또는 "생식 에너지"

는 우리가 절제하지 못하고 느슨할 때는 우리를 "방탕하고 깨 끗하지 못하게" 만들지만, 정신의 지배를 받아 그 관능적인 본능을 절제 할 때는 그것이 기력과 영감의 원천이 되는 긍정 적인 면이 있다고 쏘로우는 주장한다(207).

더 나아가 "순결"(chastity)을 인간의 성숙한 상태로 보는 쏘 로우는 "천재성"이나 "영웅성," 그리고 "성스러움" 같은 것이 모두 순결의 열매라고 말한다(207). 그리고 이 "순결의 통로" 가 열린 사람은 바로 신과 연결된다고 말한다. 그런데 이 순 결을 얻고 싶은 사람은 나태하지 않고 부지런해야 하며 절제 해야 한다는 것이 그의 지론이다(208). 그렇게 할 때 인간의 동물적인 요소는 날마다 조금씩 죽어 없어지고 그는 "신적인 존재"가 되어간다는 것이다. 이렇게 신적인 존재로까지 성숙 한 사람을 쏘로우는 "축복받은" 사람이라고 일컫는다(207).

〈간소하라, 간소하라〉

결국 순결함의 상태에 이르기 위해 인간은 두 가지를 실천 해야 하는 셈이다. 그것은 부지런함과 절제이다. 먼저 이미 언급된 육체 또는 관능적 본능에 대한 정신의 지배 외에도 인 간은 사치스러운 생활을 절제해야 한다고 쏘로우는 보고 있 다. 앞서 살펴보았듯이, 쏘로우는 사치품과 많은 생활 편의품 들이 꼭 필요하지도 않고, 도리어 인간을 도덕적으로, 정신적 으로 향상 시키는데 방해가 된다고 생각했다(13). 그래서 그는 유행에 따라 새 옷을 차려 입는 것에 대해서도 부정적이었으며, 집안을 장식하는 많은 가구도 거추장스러운 짐으로 생각했고, 사치스러운 음식도 부정했다. 차라리 쏘로우는 물질적으로 가난했던 중국, 인도, 페르시아와 그리스의 옛 철학자들이 내적으로는 가장 부유한 사람들이었다고 주장한다. 그리고 이들 옛 철학자들처럼 "자발적 빈곤"(14)을 선택하지 않고서는 현자가 될 수 없다고 주장했는데, 그에 따르면 자발적 빈곤은 인간의 삶에 대한 공정하고 현명한 관찰자가 되기 위해 꼭 필요한 것이다.

물질을 소유함에 있어 "자발적 빈곤"을 주장한 쏘로우는 삶을 사는 방식의 간소화를 또한 주창한다. 의미 없이 바쁘게 살고 있는 그의 동시대인들이 이미 인간이 되었음에도 그것을 모르고 "개미"처럼 비천한 존재로 살고 있다고 안타까워하면서, 그는 인생을 낭비하지 말고 삶의 방식을 단순화하라고 독자들에게 다음과 같이 당부한다.

우리의 인생은 자질구레한 일들로 조금씩 낭비되고 있다. 정직한 사람은 셈을 할 때 열 손가락 이상을 쓸 필요가 거의 없으나, 극단의 경우에는 발가락 열 개를 더하면 될 것이고, 그리고 나머지는 한 덩어리로 묶어버리면 될 것이다. 간소하라, 간소하라, 간소하라! 제발, 바라건대, 당신의 일을 두 가지나 세 가지가 되게 할 것이며, 백 가지나 천 가지가 되게 하지 말라. 백만 대신에 여섯까지만 셀 것이며, 계산은 엄지손톱으로 간략하게 하라…. 간소하라, 간소하라. 하루에 세 끼를 먹는 대신 필요하다면 한 끼만 먹어라. 백 가지 요리 대신 다섯 가지만 먹어라. 그리고 다른 것들도 그런 비율로 줄이도록 하라. (86~87)

쏘로우의 이런 당부는 오늘날의 독자들이 잘 새겨들으면 정말 유익할 수 있는 말이라고 생각된다. 비록 엄지손톱에 의지하여 계산하는 그런 단순한 삶을 살 수는 없다하더라도, 조금만이라도 주위의 의미 없는 "자질구레한 일들"을 정리하면서 살 수 있다면, 자신의 진정한 모습을 찾아가면서 사는데 도움이 될 것이다.

〈현자와 노동〉

쏘로우에게 현자 또는 철학자가 되는 것은 일반 사람들의 생각처럼 어떤 "미묘한 사고"를 가지거나 학파를 세우는 것이 아니라 "지혜"를 사랑하는 것이다. 예로부터 위대한 학자들과 사상가들이 성공을 거두었지만, 그들의 성공은 "왕과 같이 당당하거나"(kingly) "남자다운" 성공이라기보다는 왕에게 "순응"하는 "궁정신하"와 같은 성공을 거둔 것에 불과하다고 비유하면서 쏘로우는 일반적으로 철학자라고 불리는 사람들을 폄하한다. 그러면서 진정한 철학자는 지혜가 시키는 대로 사는 삶,

즉 "소박함, 독립, 관용과 신뢰"의 삶을 이론적이 아니라 실제로 사는 사람이라고 쏘로우는 정의한다(14).

월든 숲 속에서 2년 동안 소박하게 독립적인 현자의 삶을 살아보려고 노력한 쏘로우는 다음과 같은 결론을 얻는다. 즉 월든과 같은 위도에 살고 있는 사람이 자급자족할 정도의 필요한 만큼의 농산물만 직접 재배하고, 사치스런 기호식품과 자신이 키운 농산물을 교환하려고 하지만 않는다면, 작은 땅 즉 몇 '라드'[7]의 땅만 일구어도 충분히 살 수 있다는 것이다 (58). 동물들처럼 소박한 음식을 먹고 살 지라도 힘과 건강을 유지할 수 있으며, 작은 땅을 일구어도 필요한 농산물을 얻는 데는 충분하기 때문에 농사일에 많은 시간을 쓸 필요가 없다는 것이다. 그리고 농사일조차도 여름 동안 시간 날 때만 하고, 가축의 힘을 전혀 빌리지 않고 조금씩만 해도 먹고 사는데 충분하다는 것을 쏘로우는 발견하게 된다.

월든에서 살면서 쏘로우는 막일을 통해 필요한 경비를 스스로 벌었다. 실로 집을 짓는 동안 그는 마을에 가서 측량일과 목수일, 그리고 여러 종류의 막일을 해서 13달러 34센트를 벌었다. 그래서 제1장 「경제」장에서 밝혀놓은, 월든 숲에서 산 첫 8개월간(7월 4일부터 다음 해 3월 1일까지)의 그의 생활비는 다음과 같다.

---

[7] 1라드는 약 25 제곱미터.

집짓는데 든 비용	28달러 12.5센트
1년간 농사비	14달러 72.5센트
(집짓기 시작한 4월부터 든 비용)	
8개월간의 식비	8달러 74센트
8개월간의 의복비 및 기타	8달러 40 3/4센트
8개월간의 기름 및 기타	2달러
합계	61달러 99 3/4센트

그런데 이 비용에서 쏘로우가 농사를 지어 그 잉여 농산물을 판 대금이 23달러 44센트이므로 결국 집짓는 비용을 포함해 8개월간 쏘로우가 사용한 순수비용은 25달러 21과 3/4센트인 셈이다. 이 정도의 비용을 지불함으로써 쏘로우는 "여가"와 "자립"과 "건강"(54)을 얻었고, 편안한 집까지 얻었다고 자평한다.

그런데 놀라운 사실은 쏘로우가 발견한 최소의 노동으로 사는 법이다. 쏘로우는 1년 중, 약 6주일만 일하고도 필요한 모든 생활비용을 벌 수 있다는 놀라운 발언을 한다. 이렇게만 살 수 있다면 정말 좋겠다는 생각이 드는데, 그는 이것이 5년 이상을 육체노동만을 통해 생활을 한 결과 알게 된 사실이라고 말한다. 그리고 이렇게 살면서 여름의 대부분과 겨울 전부를 공부하는 데 사용할 수 있었다고 밝히고 있다(65~66).

직업에 관해, 쏘로우는 개인적으로 정해진 직업보다는 날

품팔이가 가장 자유스러운 직업이라고 생각한다고 밝히고 있다. 해가 질 때 하루의 일이 끝나고, 1년에 30일 내지 40일만 일하면서 나머지 시간 동안은 하고 싶은 일을 마음껏 할 수 있는 그런 직업을 쏘로우는 가장 이상적인 직업으로 생각하는 것이다. 또한 쏘로우는 일용직을 가진 사람이 자신을 고용한 사람보다 훨씬 자유롭고 독립적인 삶을 유지할 수 있다고 일용직을 가진 사람의 우위를 주장한다. 그 까닭은 날품팔이 일꾼은 일과 후에 자유시간이 많고, 자기가 하고 싶은 일을 마음껏 할 수 있는 여유를 가진 반면, 고용주는 여러 가지를 고민하느라 1년 내내 숨 돌릴 틈이 없이 살아야 하기 때문이라고 말한다(67). 물질적 욕망에 무한정 노출되어 있는 현대인들이 쏘로우처럼 소박한 삶을 살아낼 자신은 없겠지만, 욕망을 줄이면 일 년에 30~40일만 남을 위해 일하고 나머지의 시간을 자신이 살고 싶은 대로의 삶을 살 수 있다는 쏘로우의 주장은 참 유혹적인 발상으로 여겨진다.

"진정한 부를 즐기는 [농부의] 가난"(186)이라면 그것을 자신에게 달라고 토로하는 쏘로우는 가난으로 인해 불편할 수는 있다는 사실을 알고 있다. 그러나 가난이 줄 수 있는 유익함에 대해 마지막 장인 「결론」장에서 다음과 같이 말한다.

당신이 가난 때문에 활동 범위에 제한을 받는다면, 예를 들어, 당신이 책과 신문을 살 수 없다면, 당신은 단지 가장 의미 있고 지극히 중요한 경험만을 갖도록 제한되는 것에 지나지 않는다. 당신은 가장 많은 양의 설탕과 가장 많은 양의 전분을 얻을 수 있는 재료를 다루도록 강요받은 것이다. 그것은 [고기에서] 가장 맛있는 뼈 가까이에 있는 삶이다. 당신은 하찮은 사람이 되지 않도록 보호받게 된 것이다. 어떤 사람도 더 높은 곳에서의 관대함으로 인해 더 낮은 차원에서의 어떤 것을 잃어버린 적은 없다. 과도한 부로는 단지 사치품들을 살 수 있을 따름이다. 영혼에게 필요한 단 한 가지의 필수품을 사는 데 돈은 요구되지 않는다." (308)

실로 쏘로우는 자신은 어디에 얽매이지 않는 (영혼의) 자유를 가장 소중하게 여기고 있고, 경제적으로는 여유가 있지 않더라도 행복하게 살 수 있다고 말한다. 따라서 그는 "값비싼 양탄자나 다른 호화 가구, 맛있는 요리, 또는 그리스 또는 고딕양식의 집"(66~67) 등을 사기 위해 돈을 버는 일에 시간을 소비하고 싶지 않다고 밝힌다. 도리어 그는 우리가 "소박하고 현명하게" 생활한다면 먹고 사는 것은 "힘든 일"이 아니라 오히려 "소일거리"에 지나지 않는다고 말한다(67).

〈무소유의 행복〉

얼마 전에 입적하신 법정스님은 『무소유』라는 책으로 우리와 친숙하며 현대인들에게 많은 생각할 거리를 주었는데, 쏘로우를 몹시 존경한 것으로 알려져 있다. 그래서 멀리 다니는 것을 싫어하는 법정스님이지만 생전 월든을 세 번이나 방문했다고 한다. 특히 2002년 10월에는 일부러 월든 호수를 방문하기 위해 뉴욕의 선원을 방문하여 법회를 연 적이 있다, 그 방문이 TV 프로그램을 통해 방영된 적이 있는데, 법정스님은 월든 호수와 쏘로우의 집터를 방문하면서 쏘로우가 그의 사상에 큰 영향을 주었다고 밝혔다. 특히 모든 것을 간소하게 할 것을 강조한 쏘로우의 반복된 주장을 소개하였다.

실로, 쏘로우는 무소유, 즉 굳이 땅을 소유하지 않고서도 최고의 자연경관을 그 엑기스만 빼내어 충분히 누릴 줄 아는 행복한 사람이었다. 은행 빚으로 땅을 산 후 평생 땅값을 갚느라 힘든 노동을 하며 어렵게 사는 그의 이웃 농부들과 달리 쏘로우는 돈 한 푼 지불하지 않고서도 그 땅의 가장 좋은 것을 즐겼다. 『월든』의 제2장, 「어디서 내가 살았고, 무엇을 위해 살았는지」 장에서 쏘로우는 농장을 실제로 사서 소유할 뻔했던 에피소드에 대해 털어 놓는다. 상상 속에서 수많은 농장을 샀다가 판 후, 할로웰(Hollowell) 농장을 사기로 결정한 쏘로우는 그 주인과 매매계약을 했다. 그리고 그 땅에 뿌릴 씨앗까지 준비를 했다. 그러나 그 땅의 문서를 받기 전에 농장주 아내의 마음이 바뀌어 실제로 그 농장을 소유하는 데는 결국 실패했다. 그럼에도 쏘로우는 이미 그 농장을 마음속으로 소유할 만큼 소유했기 때문에, 농장주가 계약위반에 대한 보상으로 제의한 10불의 배상금도 거절했다고 말한다.

비록 그 농장을 궁극적으로 소유하지는 못했으나, 그 농장을 소유함으로써 가질 수 있는 값비싼 경치를 돈 한 푼 주지 않고 자신이 이미 누렸다고 쏘로우는 주장한다. 그러면서 곧이어 어떤 시인에 관한 이야기를 하는데 그 시인은 바로 쏘로우 자신으로 보인다.

나는 자주 어떤 시인이 어느 농장의 가장 값진 부분을 즐기고 난 후 떠나는 것을 보는데, 그럴 때 무뚝뚝한 농부는 그 시인이 야생사과 몇 개를 따갔을 것이라고만 생각했다. 그 농장 소유주는 시인이 그의 농장을 눈에 보이지 않는 가장 훌륭한 울타리인 운율 안에 옮겨놓고, 거기에 가둔 채 젖을 짜고 지방분을 걷어낸 다음 크림은 전부 가져갔으며, 그 농부에게는 무지방 우유만을 남겨놓았다는 것을 수 년 동안 알아채지 못한다. (78)

시인이 한 일은 그 농장에서 가장 값어치 있다고 쏘로우가 생각하는 경치를 그의 시에 담은 것이다. 쏘로우는 그 경치를 시에 담는 일을 농부가 짜는 우유에 비유하고 있다. 그냥 자기 농장에서 별 가치 없는 야생사과 몇 개 따갔으려니 짐작한 그 시인이 실제로 가져간 것은 우유에서 가장 영양가 많고 맛있는 부분인 크림부분이다. 오늘날은 다이어트에 관심이 많은 사람들은 지방분을 뺀 저지방 우유나 아예 지방을 완전히 제 거한 탈지우유를 보통의 우유보다 더 선호하지만, 실제로 우 유에서 가장 맛있는 부분은 바로 그 지방분이 풍부한 크림부 분이다. 그래서 시인이 그 농장에 대해 시를 쓴다는 것은, 시 의 울타리 안에 그 농장의 가장 훌륭한 경치인 우유의 고소하 고 가장 맛있는 크림 부분만 가져오는 것이다. 이 인용문은 공짜 경치를 누리는 쏘로우 같은 시인과 자기 농장에서 가장 가치 있는 것을 도둑맞고도 자기가 잃어버린 것이 무엇인지 조차 모르는 농부에 대한 아주 멋진 비유이다.

이 에피소드를 통해 쏘로우가 독자들에게 암시하는 동시에 당부하고자 하는 것은, 될 수 있으면 오랫동안, "자유롭고" 어 떤 것에도 "얽매이지 말고"(79) 살면서 돈으로는 가질 수 없는 최고의 것을 누리라는 것이다. 농장을 소유하고 있는 농부는 그 땅에 대한 대부금과 세금을 비롯해 지불할 것이 많아서, 그 농장의 가장 소중한 바가 무엇인지도 모른 채, 평생 뼈 빠 지게 일해서 빚을 갚아야 한다. 그러나 아무 것도 소유하지 않으면서, 그래서 갚을 것 없이 자유롭게 살면서, 정작 그 농 장의 가장 가치 있는 것을 누리며 시에 담는 사람은 아무 것 도 소유하지 않은 시인이라는 사실은 음미해 볼만한 하다.

깨어나기

『월든』의 2장, 「어디서 내가 살았고, 무엇을 위해 살았는지」
에서 쏘로우는 그가 월든 숲으로 살러 들어간 이유에 대해서
좀 더 자세히 밝힌다. 1장에서 그는 사람들의 방해를 받지 않
고 자신이 생각하는 진솔한 삶을 사는 실험을 하기 위해서 숲
속의 삶을 시작했다고 말했지만, 2장에서는 숲으로 간 좀 더
철학적인 이유를 서술한다.

> 나는 숲으로 갔다. 신중하게 살기를 원했고, 삶의 본질
> 적인 사실들만을 직면하기 위해서, 그리고 내가 삶에서
> 배워야 할 것을 배울 수 없는지를 알기 위해서, 그리고
> 내가 죽게 되었을 때, 내가 삶을 제대로 살지 못했다는
> 사실을 발견하는 일이 없기를 원했기 때문이었다. 산다는
> 것은 너무 소중해서 나는 삶이 아닌 것을 살고 싶지 않았

다. 또한 꼭 필요하지 않다면 절망을 실천하면서 살기를
원치 않았다. 나는 깊이 살면서 삶의 모든 정수를 빨아내
기를 원했고, 스파르타인처럼 강인하게 살아 삶이 아닌
모든 것을 참패시키고 싶었다. 풀을 넓게 베어내고 땅 가
까이 바짝 깎듯이 삶도 그렇게 하여 한 구석으로 몰아넣
고, 그것을 최소한으로 축소시킨 다음, 만약 그 삶이 비
루한 것이라면 그때에는 그것의 진정한 비루함 전부를
모아 그것의 천함을 세상에 알리고, 또는 만약 그 삶이
숭고한 것이라면 그것을 경험으로 알아서 나의 다음 번
여행에서 삶에 대한 참다운 이야기를 할 수 있기를 원했
다. (86)

이 구절은『월든』에서 가장 유명한 구절 가운데 하나로, 아
주 인용이 많이 되는 구절이다. 여기에서 쏘로우는 월든 숲으
로 그가 살러 들어간 이유가 "삶의 본질적 사실들"만을 대면
하고 살면서 "삶의 모든 정수"를 뽑아내기를 원했기 때문이라
고 말하고 있다. "삶의 본질적 사실들"이 무엇인지 쏘로우가
분명하게 제시하고 있지는 않다. 그러나 그것은 관습적인 일
상생활이나 허식적인 것과 반대의 것으로 보이고, 깨어 있는
것이나 삶의 "실재"와 밀접한 관계를 가진 것으로 보인다. 그
것은 2장의 마지막 부분을 보면 알 수 있는데, 쏘로우는 하루
를 의도적으로 보내기 위해, 아침에는 마음의 평온을 유지하
고, 하루를 휩쓸어 갈 수 있는 소용돌이 같은 위험을 지닌 점

심때를 잘 지내고 나서 본격적인 작업을 시작하자고 제의하면서 다음과 같이 기술하고 있다.

이제 자리를 잡고, 일하고, 우리의 발을 아래로 쐐기모양으로 밀어 넣어보자. 지구를 덮고 있는 퇴적층인, 의견, 편견, 전통, 기만, 그리고 외양이라는 진흙과 진창을 통해, 파리와 런던을 통해, 뉴욕과 보스턴 그리고 콩코드를 통해, 교회와 국가를 통해, 시와 철학, 그리고 종교를 통해, 우리가 실재(reality)라고 부를 수 있는 단단한 바닥과 바위들이 놓여 있는 곳에 이르러, 바로 이것이야, 분명해라고 말하게 될 때까지. (92)

이 인용문에서 쏘로우는 우리의 일상생활을 지배하고 있는 것은 "의견, 편견, 전통, 기만, 그리고 외양"이라고 보고 있다. 그리고 "의견, 편견, 전통, 기만, 그리고 외양"은 더러운 "진흙과 진창"에 비유되고 있다. 그런데 쏘로우가 살고 있는 작은 도시 콩코드로부터 세계의 대표적인 큰 도시들에 이르기까지 지구상의 모든 곳은, 모든 제도와 체제는, 문학과 철학으로 대표되는 인간의 학문에 이르기까지 쏘로우가 보기에는 모두 부정적인 "편견"과 "전통"으로 덮어져 있다. 그래서 쏘로우가 원하는 것은 그가 판단하기에 표피적으로 더러운 "편견"이나 "전통"과 세상이 큰 의미를 부여하는 모든 것들—학문과 예술, 국가와 교회에 이르기까지 모든 사회체제—을 관통하여 "실재"에 닿는 것이다.

그러나 쏘로우는 그가 생각하기에 표피적이고 일상적인 것들이 사회에서 "진실"로 대접받고, 그가 "실재"라고 생각하는 깊이가 있는 것은 주목받고 있지 못하다고 생각한다. 다음의 인용문에서 쏘로우는 표피적인 "기만"과 "실재"를 대조하면서, 그 결과에 대해 다음과 같이 기술하고 있다.

가짜와 기만은 가장 건전한 진실로 존경받고 있는 반면, 실재(reality)는 터무니없는 것으로 여겨지고 있다. 만일 사람들이 한결같이 실재만 주목하고 스스로 기만당하지 않는다면, 우리의 삶은, 비유하자면, 동화와 『아라비안 나이트』의 재미있는 이야기와 같을 것이다. 만약 우리가 필연적인 것과 당연히 존재할 권리가 있는 것만을 존경한다면 음악과 시가 거리마다 흘러넘칠 것이다. 우리가 서두르지 않고 현명할 때, 오직 위대하고 가치 있는 것들만이 영원하고 절대적인 가치를 가지며, 사소한 두려움과 사소한 즐거움은 실재의 그림자에 지나지 않는다는 것을 우리는 인지하게 된다. 이 사실은 항상 유쾌하며 숭고하다. 눈을 감고 잠을 자고, 보이는 것에 속아 넘어가기로 동의함으로써, 사람들은 어느 곳에서든지 그들의 정해진 습관적인 일상생활을 확립하고 확인한다. 그런데 그 일상 생활은 여전히 순수하게 환상적인 토대위에 세워져 있다. (86)

즉 쏘로우가 진정으로 중요하다고 생각하는 "실재"—다시 말해 "필연적인 것과 당연히 존재할 권리가 있는 것"—가 사람들의 존경을 받는다면 이 세상은 아름답고 살만한 곳이 될 것이라는 것이다. 그러나 사람들은 가짜와 기만에 사로잡혀 습관적인 삶을 살면서 "실재의 그림자"에 지배당하고 있고, 이런 사람들을 쏘로우는 잠자고 있는 사람에 비유한다.

〈잠자고 있기〉

잠자고 있는 사람의 비유는 깨어나기 비유와 함께 쏘로우가 『월든』에서 자주 사용하는 대단히 중요한 의미를 지닌 비유이다. 실로 쏘로우는 일상의 삶을 사는 사람들을 잠자거나 조는 상태에 있는 것으로 『월든』의 여러 곳에서 표현한다. 동시에 그 상황에서 깨어나야 한다고 말하는 부분 역시 그만큼 많다. 한 에피소드를 예를 들자면, 1845년 3월, 쏘로우는 월든 숲에서 집을 짓고 살기로 결심하고, 도끼 한 자루를 빌려 들고 월든 호숫가의 숲 속으로 들어갔다. 그런데 집터를 닦기 위해 도끼를 사용하다가 도끼의 자루가 빠지는 일이 있었다. 그래서 쏘로우는 호두나무 가지로 새 도끼자루를 만들어 도끼에 박고는 자루가 다시 빠지지 않도록 자루를 물에 불리려고 호수의 얼음에 구멍을 내고 도끼를 물에 담갔다. 그런데 그 때 줄무늬 뱀 한 마리가 물속으로 들어가는 것을 쏘로우는 목격하게 된다. 쏘로우는 그 뱀이 언제 다시 물 밖으로 나올

지 지켜보는데, 그 뱀은 물속에 들어간 지 15분이 지나도 나오지 않았다. 조금도 움직이지 않고 호수바닥에 붙어 있는 뱀을 본 쏘로우는 그 뱀이 아직 겨울잠에서 완전히 벗어나지 못한 상태라고 생각한다.

그러면서 쏘로우는 움직이지 않고 잠에 취해 있는 그 뱀의 상태를 아무런 생각 없이 관습적인 삶을 살아가고 있는 그와 동시대인의 상태에 비유한다. 사람들이 잠을 자는 상태 또는 잠에서 깨어나지 못하고 있는 상태를 일상생활에서 벗어나지 못하고 비참한 삶을 살아가고 있는 상태라고 생각하는 것이다. 그래서 사람도 뱀의 동면과 비슷한 이유로 "현재의 비천하고 원시적인 상태"에서 벗어나지 못하고 있는 것이 아닐까 하고 쏘로우는 의심한다. 그러나 쏘로우는 그 잠의 상태에서 깨어날 수 있다면 더 나은 삶을 살 수 있다고 희망적으로 말한다. 즉 "그러나 만약 그들을 깨우고 있는 참다운 봄의 영향을 느낀다면, 그들도 반드시 일어나 보다 높고 영묘한 생활을 지향할 것이다"(39). 이 문장에서 쏘로우는 사람들이 관습적인 제도속의 생활이라는 잠에서 깨어날 수만 있다면, 그들은 더 높은 정신적인 세계의 삶을 누릴 수 있게 될 것이라고 설파하고 있다.

〈잠 깨우기〉

그래서 쏘로우는 『월든』의 2장의 앞부분에서, 아침마다 시끄러운 울음소리로 사람들의 아침잠을 깨우는 수탉의 역할을 스스로 맡기로 했다고 밝히고 있다. 다시 말해, 쏘로우는 이 책을 쓰는 목적이 관습적인 삶이라는 잠을 자고 있는 사람들을 일깨우기 위해서라고 말하고 있다. 이 책을 통해 "나는 절망의 서사를 쓰려는 것이 아니고, 아침에 횃대에 선 수탉만큼 호기 있게 소리 질러보려고 하는 것이다. 그것이 단지 이웃 사람들의 잠을 깨우는 것으로 끝날지라도 말이다"라고 밝히고 있다(80). 이 인용문의 마지막 문장에서 쏘로우가 자신의 책이 겨우 이웃의 잠을 깨우는 것으로 끝날 수도 있다고 말하는 것은 안티-클라이막스적인 표현으로 그의 글을 진지하게 읽는 사람의 기운을 빠지게 할 수도 있다. 그러나 아무도 일어나지 않은 아침 미명에 홀로 큰 소리로 울어대며 사람들의 잠을 깨우는 수탉을 자신에 비유하는 쏘로우는 여기서 자신의 예언자적인 소명을 드러내고 있다. 그는 월든 숲에서의 참된 삶에 대한 실험에서 자신이 깨달은 바를 선각자적인 외침으로 세상에 외치고자 하는 것이다.

이 수탉의 선도적 예언자적 울음소리에 대해서는 제4장 「소리들」("Sounds")에서도 다시 언급된다. 실제로 수탉이 우는 소리를 그가 개간한 땅에서는 들은 적이 없다고 쏘로우는 말한다. 그러나 월든 숲속에 사는 여러 가지 동물들이나 새들의 소리에 대해 소개하면서, 그는 독자들에게 우연히 야생 수탉의 울음소리를 듣는 상상을 해볼 것을 권유한다.

어느 겨울 아침 이 새들이 그득한 숲을 걷다가 닭들이 떼 지어 살았던 숲, 즉 그들의 고향이었던 숲, 그들이 태어난 숲을 거닐다가 야생 수탉들이 나무들 위에서 우는 소리를 듣는다고 생각해보라. 맑고 날카로운 소리가 수마일 너머 울려 퍼져, 다른 새들의 가냘픈 울음소리를 압도하는 장면을 생각해보라. 그 소리는 여러 민족들을 긴장시킬 것이다. [이 소리를 듣고] 누가 일찍 일어나지 않겠는가? 그리고 그의 일생동안 매일 매일 더욱 더 일찍 일어나서, 말할 수 없을 정도로 건강하고 부유하고 현명해지지 않을 사람이 있겠는가? (120)

더욱이 이 수탉은 용감하게 어떤 풍토에도 잘 적응하고, "건강한 폐를 가지고 있으며 결코 의기소침하지 않는" 것으로 묘사될 뿐 아니라 태평양과 대서양을 항해하는 선원들까지 이 닭의 울음소리를 듣고 잠을 깬다고 쏘로우는 덧붙인다.

이 수탉의 비유를 통해 우리는 작가 쏘로우가 『월든』이라는 이 책을 통해, 이 용감한 수탉의 울음소리처럼 맑고도 날카로운 자신의 목소리로, 자는 것과 다름없는 일상의 관습적인 삶을 사는 세상 사람들의 잠을 깨우고 싶은 것이라고 해석할 수 있다. 그런데 그 대상은 단순히 그의 이웃뿐만 아니라 전 미국과 먼 대양을 항해하는 선원들, 그리고 그 너머 여러 다른 나라들에 사는 사람들까지 포함한다. 결국 쏘로우는 『월든』으로 전 세계의 사람들의 잠을 깨우고 싶은 포부를 밝힌

• 월든 호숫가의 숲길

셈이다. 쏘로우의 일생동안 『월든』이 팔린 부수를 생각하면, 그의 생전에는 앞서 인용한 그의 말처럼 겨우 이웃사람들의 아침잠을 깨운 정도였다고 할 수도 있다. 그러나 그의 사후에서 현재에 이르기까지 전 세계적으로 쏘로우의 작품을 읽고 영향을 받는 사람들이 늘어가는 것을 생각하면, 저 먼 곳에 있는 다른 나라 사람들의 잠까지 깨우고 싶어 한 쏘로우의 포부는 결코 헛된 것이 아니었음이 분명하다.

〈아침의 의미〉

쏘로우가 『월든』을 통해 이루고 싶었던 것이 세상 사람들의 잠을 깨우는 것이었다면, 잠이 깨는 시간인 아침은 쏘로우에게 매우 의미 있는 시간이었다. 아침형 인간으로 보이는 쏘로우는 아침을 다음과 같이 묘사한다.

> 아침은, 하루 중 가장 기억할 만한 때이고, 그 때는 잠이 깨는 시간이다. 그 때에는 우리가 가장 덜 졸리는 때이고, 적어도 한 시간 동안은, 그 외의 시간에는 밤낮을 가리지 않고 잠자는 우리의 어떤 부분이 깨어난다. 우리의 천재성에 의해 깨워지지 않고, 어느 하인이 기계적으로 깨워서 일어나거나, 공장의 종소리 대신, 천상의 음악의 파동과 공중 가득한 향기와, 우리 내부로부터 새롭게 얻은 힘과 열망에 의해, 우리가 잠들어 있던 삶보다 더 높은 삶으로 깨워지지 않는 날은, 그것을 하루라고 부를 수 있을지는 몰라도, 그 날로부터 기대될 것은 거의 없다. 그러므로 어둠은 그 열매를 맺고, 빛에 못지않은 좋은 것임을 입증하게 된다. 하루하루가 그가 지금까지 더럽힌 시간보다 더 이르고, 더 성스러운 새벽 시간을 담고 있다는 것을 믿지 않는 사람은 삶에 대해 이미 절망한 사람이며, 어두워져가는 내리막길을 가고 있는 사람이다." (84~85)

이 인용문에서 볼 수 있듯이, 잠이 깨는 시간인 아침은 쏘로우에게 천재성이 작동하는 시간이고, 더 높은 삶에 대한 열망이 그를 자극하는 성스러운 시간이다. 쏘로우에게 아침은 단순히 시간상 태양이 뜨는, 그래서 신체적으로 잠이 깨는 시간이 아니라 정신적으로 또는 영적으로 깨어나는 시간을 의미한다. 그러므로 그는 18장 「결론」의 마지막 문단에서 "우리의 눈을 감게 하는 빛은 우리에게 암흑이다. 단지 우리가 깨어 있는 그 날에만 동이 트는 것이다. 새벽이 더 낮에 가깝다. 태양은 단지 아침에 뜨는 별에 불과하다"(312)라고 말한다. 쏘로우에게는 영적으로 깨어 있는 시간만이 언제나 아침인 것이다.

⟨깨어 있음⟩

또한 그에게 깨어 있음이란 "더 높은 삶" 또는 "시적인 또는 신적인 삶"을 살 수 있는 시간이다. 그리고 이 시간에는 "도덕적 개혁"이 일어날 수 있는 시간이다. 그러나 모든 사람이 정신적인 아침을 누릴 수 있는 것은 아니라고 쏘로우는 말한다.

태양과 보조를 맞추는 탄력적이고 힘찬 생각을 하는 사람에게 하루는 영원한 아침이다. 시계가 몇 시를 가리키든, 다른 사람들의 태도와 일이 어떠하든 중요하지 않다. 아침은 내가 깨어 있고, 내 속에 새벽이 있는 때이다. 도덕적 개혁은 잠을 쫓아내려는 노력이다… 수백만 명의 사람들이 육체노동을 할 만큼은 깨어 있다. 하지만 백만

명 중 단 한 사람만이 효과적인 지적 활동을 할 정도로
깨어 있으며, 1억 명 중 단 한 사람만이 시적인 또는 신
적인 삶을 살 수 있을 정도로 깨어 있다. 깨어 있다는 것
은 살아 있다는 것이다. (85)

대부분의 사람들은 깨어 있으되 일상의 노동과 생활을 할
정도로 깨어 있다는 것이고, 쏘로우가 이상적으로 깨어 있다
고 생각하는 단계인 "시적인 또는 신적인 삶을 살 수 있을 정
도"로 깨어 있는 사람은 거의 없다는 것이다. 그러나 쏘로우
는 그 상태야말로 살아 있는 상태라고 말한다. 그렇다면 대부
분의 사람들은 잠자고 있는 사람들이며, 그들이 본질적인 의
미의 더 높은 정신적인 삶을 살기 위해서는 다시 깨어나는 법
을 배워야 하며, 또한 그 깨어난 상태를 유지하는 법을 배워
야 한다고 쏘로우는 주장한다.

깨어남에 대한 쏘로우의 이와 같은 열망은 그가 18장, 결론
장에서 소개하는 사과나무 탁자에서 나온 벌레 이야기에서도
엿볼 수 있다. 이 에피소드는 모비딕의 작가인 허먼 멜빌 역
시 「사과나무 탁자」("The Apple-Tree Table," 1856)라는 단편소설
에서 소재로 다루고 있는데, 쏘로우는 이 에피소드를 소개함
으로써 깨어남에 대한 그의 관심을 잘 보여 주고 있다고 생각
된다. 이야기는 다음과 같다. 매사추세츠주 어느 농가에서는
60년 된 사과나무 탁자를 부엌의 식탁으로 사용했다. 그런데

어느 날 이 식탁에서 무엇인가가 판자를 갉아 먹는 소리가 나기 시작했다. 몇 주 동안 그 소리가 나서 사람들은 그 소리에 대해 몹시 궁금했는데, 어느 날 그 나무탁자에서 아름다운 나비가 부화되어 나왔다는 것이다.

멜빌은 이 이야기를 두고 당시에 유행하던 영혼주의(spiritualism)에 대한 논의를 다루면서 그 식탁에서 나는 소리를 영혼 또는 귀신의 소리로 믿는 세태를 패러디했다. 그러나 쏘로우는 같은 이야기에 대해 죽은 지 오래된 나무로 만든 탁자에서 죽음을 이기고 새 생명이 탄생되었다 점에 주목한다. 그 나무에서 나온 애벌레는 나무가 살아 있었을 때 곤충이 나무속에 깐 알에서 부화되어 나온 것인데, 소리를 내며 나무를 갉아먹는 그 곤충은 놀랍게도 60년이 지나서야 알에서 부화된 셈이었다. 쏘로우는 이 에피소드를 두고 "부활"과 "불멸"(312)에 대해 그가 가지게 된 새로워진 느낌을 토로하는 한편, 60년 이상을 죽은 듯이 농가의 값싸고 흔한 나무 가구 속에 묻혀 있던 곤충의 알이 이룬 놀라운 변신에 대해 경탄을 표한다. 60년을 잠자고 있던 곤충의 알이 아름다운 날개를 가진 나비로 탈바꿈하여 찬란한 여름을 맞게 된 것이다.

이는 분명 놀랍고 신기한 일인데, 어떤 비평가는 이 에피소드를 살아생전에 사람들의 인정을 별로 받지 못했던 쏘로우의 글에 대한 훗날의 평가와 연관시킨다. 즉 쏘로우가 그가 죽은 지 한참 후에 일어날 자신에 대한 문학적 평가를 예언했다는 것이다. 60년이라는 오랜 세월 후에 죽은 줄 알았던 알에서 깨어난 그 나비처럼, 쏘로우의 작품들이 1910년대 이후 새로이 인정받게 된 사실과 연관하여 해석하기도 한다. 그러나 쏘로우 자신은 이 이야기를 아침의 성격과 연관하여 해석하고 있다. 모두가 이 이야기의 의미하는 바를 이해하지는 못할 것이라고 단서를 단 후, 단순히 날이 밝았다고 아침이 된 것이 아니라 우리가 깨어 있을 때만 "새벽"(312)이라고 쏘로우는 강조한다.

쏘로우와 에머슨

쏘로우는 에머슨의 유명한 에세이, 『자연』(*Nature*, 1836)을 하버드대학 4학년의 마지막 봄 학기에 읽었고, 에머슨의 에세이에 대해 열렬한 반응을 보인 것으로 알려져 있다(Cain 14). 그리고 1837년 8월 31일 에머슨이 피 베타 카파 소사어티(Phi Beta Kappa Society)에서 한 유명한 연설, 「미국의 학자」("The American Scholar")를 들었을 것으로 추정된다. 그 연설은 그 해 하버드를 졸업하는 학생들을 위해 에머슨이 한 연설로, 캠브리지의 제일 교구 교회(the First Parish Church)에서 있었다. 1837년 졸업생 중 한 명이었던 쏘로우는 아마 에머슨의 이 연설을 듣고 영향을 받았을 것으로 보인다. 그리고 쏘로우는 같은 해 늦여름이나 초가을의 어느 시점에 에머슨을 만나게 되어 곧 친한 친구가 되었을 것으로 비평가들은 추측한다(Cain 16). 에머슨은 1838년 2월 11일자 그의 일기(journal)에서 쏘로우를

"내가 만난 다른 사람들처럼 자유롭고 똑바른 정신을 가진" 사람으로 기록하고 있다.

에머슨과의 만남은 작가로서의 쏘로우에게 큰 영향을 미치게 된다. 한 예로, 쏘로우는 에머슨이 1837년 10월 22일에 그에게 던진 질문, 즉 "일기"(journal)를 쓰고 있냐는 질문에 자극을 받아 당장 일기를 쓰기 시작했다. 그리고 쏘로우의 일기는 그의 글쓰기에 대단히 중요한 자료로 사용 되었다. 일기에서 쏘로우는 매일의 경험과 생각, 자연과 삶에 대한 관찰, 독서 감상 등을 기록했는데, 『월든』 또한 그가 일기에 쓴 글들을 다듬어 나왔기 때문에 쏘로우의 일기는 그의 글쓰기의 보물 창고였다.

또한 에머슨은 쏘로우보다는 열네 살이나 더 나이 많은 연장자였지만, 쏘로우에게 스승이자 후원자, 친구이자 지적, 영적 멘토의 역할을 했다. 그는 쏘로우가 책을 출판할 수 있도록 도움을 주려고 여러 가지 구체적인 노력을 했다. 초절주의자의 기관지와 같은 『다이얼』(The Dial)지에 쏘로우의 글을 실어 주기도 했고, 쏘로우가 뉴욕에서 글을 출판할 수 있도록 돕기 위해 1843년에는 뉴욕의 스태튼 아일랜드(Staton Island)에 있는 자신의 형 윌리엄 에머슨의 집에서 가정교사 일을 할 수 있도록 주선했다. 그 까닭은 쏘로우가 그 곳에서 지내면서 지리적으로 가까운 뉴욕 출판계의 사람들과 접촉할 수 있는 기회를 주기 위해서였다. 그러나 이 후자의 계획은 쏘로우가 일 년

이 채 되지 않아 콩코드로 돌아옴으로써 별 성과 없이 끝났다.

상당히 가까웠던 두 사람 사이는 1849년에 나온 쏘로우의 첫 에세이집 『콩코드 강과 메리맥 강에서의 일주일』(A Week on the Concord and Merrimack Rivers)의 출판 문제로 벌어지기 시작한다. 월든 숲에 쏘로우가 머물면서 『월든』의 초고와 함께 쓴 이 책의 성공은 작가와 강연가로서의 경력을 꿈꾸던 쏘로우에게는 대단히 중요했다. 이미 작가와 강연가로 유명했던 에머슨은 쏘로우가 이 책을 자비로 출판하도록 충고했다. 그러나 에머슨의 예상과는 달리 책은 별로 팔리지 않았고, 발행된 1,000부 가운데 대부분의 책을 쏘로우는 출판업자로부터 돌려받게 되었다. 책이 출판된 지 4년 후, 팔리지 않고 남은 책 706부를 돌려받은 쏘로우는, 1853년 10월 27일자의 일기에서, 다음과 같은 유머로 자신의 쓰라린 마음을 표현했다. "나는 지금 거의 900권이나 되는 장서를 가지고 있다. 그런데 그 중에서 700권이 넘는 책은 나 자신이 쓴 책이다." 그리고 실패의 여파는 이뿐 아니라 자비 출판으로 진 빚($290)을 갚느라고 쏘로우는 향후 몇 년간을 아버지의 연필공장에서 일을 하는 등 고생을 하게 되었다.

두 사람 사이의 균열의 또 한 중요한 이유는, 비평가들이 지적하듯이, 서로에 대한 높은 기대가 충족되지 못한 탓으로 보인다. 후에 "비순응주의와 독립적 모험정신"을 다룬 부분에서 더 자세히 다루겠지만, 에머슨은 쏘로우가 자신의 기대와 달리 공적인 일에 대한 야심이 없는 것을 약점으로 생각했고, 쏘로우는 에머슨과의 관계에서 에머슨이 줄 수 있는 이상의 고차원 적인 것을 기대한 것으로 보인다.

그럼에도, 쏘로우에게 미친 에머슨의 영향은 간과할 수 없다. 에머슨이 쏘로우의 사상에 미친 가장 큰 영향을 크게 두 가지로 요약한다면, 그것은 에머슨의 유명한 초월주의적 자연관과 "자기 신뢰"(self-reliance)의 개념이다.

1. 미국의 초월주의

에머슨의 자연관을 살펴보기에 앞서 그의 자연관과 밀접한 관계가 있는 미국의 초월주의(Transcendentalism) 사상에 대해 먼저 간략하게 살펴보고자 한다. 미국의 초월주의는 유럽 낭만주의의 영향을 강하게 받았으며, 그 속에 여러 시대와 여러 지역의 철학적, 종교적 생각이 혼합되어 있어서 그 사조를 간단하게 설명하는 것이 쉽지 않다. 1830년대 미국 뉴잉글랜드 지방에서 꽃피운 초월주의는 유럽의 여러 철학 사조들, 즉 플라톤(Plato)의 이상주의와 신플라톤주의, 그리고 칸트(Immanuel Kant, 1724~1804), 피히테(Johann Gottlieb Fichte, 1762~1814), 셸링 (Friedrich Wilhelm Joseph von Schelling, 1775~1854) 등의 독일 철학가들의 관념론, 영국 낭만주의 시인들인 워즈워스(William Wordsworth)

와 콜리지(Samuel Taylor Colderidge), 그리고 에머슨과 친하게 된 영국의 의상 철학자인 칼라일(Thomas Carlyle), 스웨덴의 과학자이자 신비주의 철학자 스웨덴보리(Emanuel Swedenborg, 1688~1772)의 신비주의와 심지어 인도의 우파니샤드 철학에 이르기까지 아주 다양하고 광범위한 사상들을 포함하고 있다.

초월주의는 오감을 통해 얻은 지식만을 중요하게 생각하는 로크(John Locke)의 영국 경험주의 철학이나 이성만을 중시하는 미국의 유니테니언교(Unitarian)[8]에 반발하여, 인간의 직관(intuition)을 믿었다. 그리고 인간과 자연 속에 신성이 내재한다고 생각했고, 그 결과 인간보다 신을 더 중요하게 생각하던 신고전주의와는 달리 낭만주의에서처럼 인간을 중요하게 생각했다. 특히 미국의 초월주의는 자연과 직관, 그리고 개인을 대단히 중요하게 생각했다. 또한 기독교의 성악설에 반하여 인간은 선하다고 믿었고, 따라서 낙관주의적이었다.

미국의 초월주의는 매사추세츠주의 보스턴과 캠브리지, 그리고 콩코드를 중심으로 피어나게 된다. 특히 콩코드는 에머슨이 보스턴을 떠나 이사한 곳이며, 쏘로우가 태어나고 자랐으며 평생 살았던 곳이다. 초월주의는 에머슨의 유명한 에세

---

[8] 미국의 유니테리언교는 기독교이지만, 기독교 교리의 정설로 되어 있는 삼위일체설(성부, 성자, 성령은 각각 다른 인격체이지만, 또한 하나이다)을 부인하고, 성부 하느님만 인정한다. 예수의 역사적 존재와 그가 선지자임을 믿지만, 하느님의 아들로서의 예수의 구원자의 역할을 부인한다. 성경에 씌어 있지만, 이성적으로 믿기 힘든 일들—예를 들어, 기적 같은 일—을 믿지 않는다.

이인 『자연』(*Nature*)이 1836년 익명으로 발표되면서 시작된 대단히 지적이고 사회개혁적인 운동이었다. 이 운동에는, 에머슨과 쏘로우 외에도 올콧(Amos Bronson Alcott)이나 풀러(Margaret Fuller), 파커(Theodore Parker), 피바디(Elizabeth Palmer Peabody), 리플리(George Ripley)와 같은 당대의 많은 지식인들과 목사들이 참여했다. 이들은 대부분 교육이나 여성운동, 노예폐지론 등을 비롯한 사회개혁운동에 앞장섰고, 1841년에는 브룩 팜(Brook Farm)이라는 농장을 세우고 공동체 삶을 실험하기도 했다.

〈쏘로우와 에머슨의 자연관〉

낭만주의자들에게 자연이 중요했던 것처럼, 쏘로우와 에머슨에게도 자연은 대단히 중요했다. 에머슨에 따르면, 인간과 신, 그리고 자연은 서로 직접적인 관계를 맺고 있으며 그 셋은 하나이다. 에머슨은 미국 초절주의의 선언문라고 할 수 있는 그의 유명한 에세이 『자연』에서 자연 속에서 신을 느끼는 순간을 다음과 같이 표현한다.

어떤 특별히 좋은 일이 일어날 것이라고 생각하지도 않고, 석양 무렵 흐린 하늘 아래 텅 빈 마을 공유지의 눈 웅덩이들 속을 가로지르며, 나는 완벽한 환희를 경험했다. 나는 두려울 정도로 기뻤다. 숲에서도 인간은, 마치 뱀이 그 허물을 벗듯이, 인생의 어떤 단계에 있든지, 항상 어린아이이다. 숲에는 영원한 젊음이 있다. 이 신의 농장 안에는 예의와 신성함이 지배하고, 영원한 축제로 옷 입고, 손님은 천년이 흘러도 싫증 내지 않는다. 숲에서 우리는 이성과 신앙으로 돌아간다. 그곳에서 나는 삶에서 어떤 것도 내게 일어나지 않을 것이라고 느낀다− … 자연이 치유할 수 없는 어떤 치욕도 어떤 재난도. 맨땅에 서 있으면−나의 머리는 상쾌한 공기에 씻기고 무한한 공간으로 들려 올리어 진다−모든 비열한 이기주의는 사라진다. (Emerson, *Nature* 6)

이 인용문에서 에머슨은 혼자 자연 속에서 마주친 어떤 특별한 순간을 묘사한다. 그 순간 그가 느낀 감정은 두려울 정도의 희열이다. 그런 순간을 미학적으로는 "숭고미"(the Sublime)의 순간이라고 할 수 있을 것인데, "완벽한 환희"와 두려움이 공존하는 순간이다. 이 순간 인간은 어린아이의 순수함으로 돌아가고, 모든 상처가 치유되고, 정신은 고양된다고 에머슨은 말하고 있다.

이런 순간 에머슨은, "나는 투명한 안구가 된다. 나는 아무 것도 아니며, 나는 모든 것을 본다. 우주적 존재의 흐름이 나를 통해 순환한다. 나는 신의 일부 또는 부분이다"(Emerson, *Nature* 6)라고 고백한다. 이 순간을 에머슨은 "대신령"(Oversoul)이 되는 순간이라고도 표현한다. 아무 것도 아니면서 동시에 모든 것을 보는 이 역설의 순간에 그는 그 자신이 신이 된다고 불경스럽게 말한다. 이런 어구는 상당히 불교적으로 들리기도 한다. 이런 순간 그는 자연 속에서 혼자이며, 주위의 다른 사람들은 그에게 의미가 없어진다. 그런 때 그의 가까이에 있는 사람은 친구이든지 형제이든지 상관없이 모두 낯선 사람들처럼 되고, 인간관계는 하찮은 것이 된다고 그는 말한다. 그리고 사람들보다는 자연 속에서 "더 귀중하고 더 혈족 같은 어떤 것"을 발견한다고 에머슨은 말한다.

쏘로우 역시 에머슨과 비슷하게 자연 속에서, 자연과 신 그리고 자신이 하나로 연결되는 신비한 순간을 경험한다. 그 순간은 『월든』의 제9장 「호수들」("The Ponds")에서 쏘로우가 묘사한 심야의 달빛 낚시 에피소드에서 찾아볼 수 있다. 마을에서 밤늦게 월든 숲의 집으로 돌아온 쏘로우는, 다음날의 저녁거리를 마련하기 위해, 한밤중에 월든 호수의 달빛아래에서 몇 시간 동안이나 수많은 작은 퍼치와 민물고기들에 둘러싸인 채 배낚시를 한다. 그 때 낚시에 걸린 메기 한 마리를 건져 올리며 느낀 기이한 감정을 쏘로우는 다음과 같이 서술한다.

특별히 깜깜한 밤에, 특히 당신의 생각이 다른 천체들의 방대하고 우주발생론적인 주제들 쪽으로 방황하고 있을 때, 고기가 낚싯밥을 무는 가볍고도 갑작스러운 움직임을 느끼는 것은 대단히 기이했다. 그것은 당신의 몽상을 방해하고 당신을 다시 자연과 연결시켜주었다. 그것은 마치 내가 다음에는 공기보다 더 진할 것 같지 않은 아래쪽의 물속은 물론 위쪽 공중으로 낚싯줄을 던질 수 있을 것 같았다. 이리하여 나는 낚시 한 개로 두 마리의 물고기를 낚았다. (166)

이 인용문을 읽으면서 우리는 한밤중에 월든 호수에서 홀로 낚싯줄을 드리우고 배에 앉아 명상에 빠져있는 쏘로우를 그릴 수 있다. 그리고 마침내 메기 한 마리가 그의 낚싯바늘을 물었을 때, 그는 자연과 신, 그리고 자신이 하나가 되는 느낌을 갖는다. 즉 메기가 있는 "아래쪽 물속"의 자연과 "위쪽

• 월든 호수 2

공중"의 신을 자신이 동시에 낡은 듯한 기이한 순간을 맞이하는 것이다. 이 순간 쏘로우는 자신과, 자연, 그리고 신이 하나임을 느끼는 에머슨의 "대신령"의 순간을 맛보게 된다.

〈자기신뢰〉

자기신뢰(self-reliance) 사상은 미국인들이 가진 가장 특징적인 성격 가운데 하나로 여겨진다. 자기가 진정으로 옳다고 생각하는 일이 있으면 타인의 말이나 의견에 신경 쓰지 않고, 자기가 믿는 대로 행동하는 것을 뜻한다. 이런 태도는 강한 자신감이나 자신신뢰에서 나오는 것이라 볼 수 있는데, 에머슨과 쏘로우는 이런 자기신뢰 사상의 주창자였다. 에머슨은 그의 유명한 에세이 「자기신뢰」("Self-Reliance")에서 독자들에게 자기 자신을 믿으라고 말하면서 다음과 같이 말한다.

> 당신 자신의 생각을 믿는 것, 당신의 사적인 마음속에서 당신에게 진실 된 것을 믿는 것이 모든 사람들에게 진실 된 것이다─그것이 천재성이다. 당신이 품고 있는 확신을 말하라, 그러면 그것은 보편적 지각이 될 것이다. 왜냐하면 가장 깊숙이 있는 것이 때가 되면 가장 바깥에 있는 것이 될 것이기 때문이고, 우리가 처음 가진 생각은 마지막 심판날의 나팔 소리에 의해 우리에게 다시 주어질 것이기 때문이다… 사람은 시인들과 현자들이 노래하

는 하늘의 광채보다는 그의 내면으로부터 그의 마음을 가로질러 오는 번쩍이는 빛줄기를 더 잘 간파해야 하고 관찰하여야 한다. (Emerson, "Self-Reliance" 132)

이 인용문에서 에머슨은 사람들이 각자 마음속에 품고 있는 고유의 생각과 믿음을 "천재성"이라고 정의하면서 그것을 고수하라고 조언한다. 그것이야 말로 어떤 위대한 사람들의 생각이나 말보다 더 중요한 것이고 그것이 "보편적 지각"이 될 것이라고 생각하기 때문이다.

쏘로우 역시 에머슨처럼 자기 자신을 믿는 것이 중요하다고 생각했다. 그리고 자기 자신에 대한 신뢰를 지키기 위해서는 "비순응주의자"(non-conformist)가 되어야 한다고 주장한 에머슨의 생각을 실제로 실천하고 살았다. 쏘로우는 특히 그가 중요하게 생각하는 본질적인 삶을 살아갈 수 있기 위해서는 자기신뢰가 필수적이라는 것을 『월든』에서 여러 번 반복해서 강조하고 있다. 한 예로, 「결론」장에서, 쏘로우는 미국인들과 현대인들이 엘리자베스 여왕시대의 영국인들과 고대인들에 비해 지적으로 열등하다고 말하는 사람들의 말에 다음과 같이 반박한다. "살아 있는 개가 죽은 사자보다 낫다. 자기가 피그미족에 속했다고 해서 될 수 있는 가장 큰 피그미가 되려고 노력하지 않고, 가서 목을 매야 한단 말인가? 각자는 자기 자신의 일이나 신경 쓰고, 타고난 대로의 그 자신이 되도록 노력해야 할 것이다"(305). 이 글에서 쏘로우는 과거보다 현재의 중요성을 강조하는 한편, 에머슨이 미국의 지적 독립선언서로 여겨지는 「미국의 학자」("The American Scholar")라는 유명한 에세이에서 미국의 학자는 영국을 포함한 유럽이 영유해온 지적, 문화적 우월감에 주눅 들지 않고 미국적이고 독창적인 것을 드러낼 것을 주장한 것처럼, 미국인들이 비록 왜소한 피그미일망정 자신을 믿고 긍정할 것을 독자들에게 당부한다.

또한 곧이어 쏘로우는 삶을 사는 방식에서도 다른 사람들과 비슷하게 살기 위해서 자신이 옳다고 생각하는 자신만의 고유한 삶의 방식을 포기해서는 안 된다고 당부한다.

> 왜 우리는 성공하려고 그처럼 필사적으로 서두르며, 그처럼 무모한 사업들을 벌이는 것일까? 어떤 사람이 자기의 또래들과 보조를 맞추지 않는다면, 그것은 아마 그가 그들과는 다른 고수의 북소리를 듣고 있기 때문일 것이다. 박자가 어떠하든지 얼마나 멀리 있든지, 그 사람으로 하여금 자신이 듣는 음악에 맞추어 걸어가도록 내버려두라. 그가 사과나무나 참나무처럼 빨리 성숙하는 것은 중요하지 않다. 그가 [사과나무나 참나무와 보조를 맞추기 위해] 자신의 봄을 여름으로 바꾸어야 한단 말인가? 우리의 천성에 맞는 여건이 아직 갖추어지지 않았다면, 우리가 대체할 수 있는 현실이 어떤 것일 수 있단 말인가? 우리는 헛된 현실이라는 암초에 걸려 난파되어서는

안 될 것이다. (305)

"어떤 사람이 자기의 또래들과 보조를 맞추지 않는다면, 그 것은 아마 그가 그들과는 다른 고수의 북소리를 듣고 있기 때 문일 것이다"라는 자기신뢰 사상에 대한 유명한 문장을 포함 하고 있는 위의 인용문에서 쏘로우는 자신의 삶에 대해 진지 한 반성을 별로 할 겨를도 없이 그냥 세상 사람들과 같은 방 식으로 살면서 자신의 인생을 낭비하고 있는 사람들에 대해 질책하고 있다. 자기 인생의 성공이 어떤 것일지 한 번 성찰 해 볼 기회도 없이, 무조건적으로 세상이 정해 놓은 성공방식 을 따라가는 사람들에게, 쏘로우는 다른 사람들이 듣는 북소 리가 아니라 "자신이 듣는 음악," 즉 자신의 본성의 소리를 들어볼 것을 권한다. 그것이 세상 사람들이 듣는 소리와 다르 다면, 두 음악의 박자와 소리의 크기의 차이에 상관없이, 자 기가 듣는, 자기 내면으로부터 울려나오는 자기 본성의 소리 를 따라 행진할 것을 강하게 권면하고 있다.

실로, 쏘로우는 자기 본성의 외침을 따라서 월든 숲속으로 들어갔다. 그리고 그의 독특한 삶의 방식에 대한 남들의 간섭 에 귀 기울이지 않고 자신의 신념대로 물질적으로는 간소하 지만 자유로운 영혼의 여유 있는 삶을 사는 방식을 꿋꿋이 실 천했다. 그러나 그럼에도 쏘로우는 모든 사람이 자신이 옳다 고 생각하는 삶의 방식을 따라야 한다고 강요하지도 기대하지도 않았다. 도리어 그는 그의 방식을 따라해 보고자 하는 사람을 만류했다. 한 번은 몇 에이커의 땅을 유산으로 물려받은 어떤 청년이 "여력만 있다면" 쏘로우처럼 살고 싶다고 말했지만, 쏘로우는 그 청년의 청을 거절한다. 그리고는 거절한 두 가지 이유를 쏘로우는 말한다. 그 첫째 이유는 쏘로우 자신이 변할 가능성 때문이다. 즉 그 청년이 쏘로우의 삶의 방식을 제대로 배우기도 전에 쏘로우가 현재의 그의 삶의 방식보다 더 낫다고 생각되는 방식을 찾아낼 가능성이 있다는 것이다. 그리고 그 두 번째 이유는, 쏘로우가 첫 번째 이유보다 더 중요하다고 생각하는 이유인데, 세상 사람들 모두가 각자에게 적합하다고 생각하는 고유한 방식으로 삶을 살기를 쏘로우가 원하기 때문이다. 이런 점에서 쏘로우는 자기신뢰 사상을 진정으로 실천했다고 할 수 있다. 쏘로우는 "이 세상에 될 수 있는 한 많은 제각기 다른 사람들이 존재해주기를 바란다. 그러나 나는 각자가 그 자신의 길을 조심스럽게 찾아내어 그 길을 갈 것이지, 대신 그의 아버지나 어머니 또는 그의 이웃의 길을 가지는 말기를 바란다"라고 말한다(67).

2. 비순응주의와 독립적 모험정신(에머슨을 넘어)

이처럼 쏘로우는 에머슨의 자기신뢰의 정신을 받아들이고

그것을 실천하는 삶을 살았다. 그러나 쏘로우는 자기신뢰에 바탕을 둔 삶을 살면서, 에머슨이 기대하는 이상의 "비순응주의자"의 삶을 몸소 실천하는 용기를 보여주었다. 그런데 쏘로우의 이 비타협적인 생각과 실천방식은 에머슨과 쏘로우의 사이에 긍정적인 작용을 하지 못한 것 같다.

비평가 메이버(Carolyn R. Maibor)에 따르면, 에머슨은 개개인의 천재성과 독창성을 믿었고, 사람들이 자기의 천직을 발견하기 위해서는 가족이나 친구 등 주위 사람들의 생각에 따르지 말고 자기 내면의 소리를 듣고 따라야한다고 말했지만, 그러나 그는 항상 사회를 염두에 두었다. 그래서 자신의 천직 또는 소명을 발견한 사람은 다시 사회로 돌아와 사회에 기여함으로써 자신의 목적을 온전히 이루어야 한다는 것이 에머슨의 생각이라고 메이버는 주장한다(xix). 이에 반해, 쏘로우는 에머슨의 자기신뢰적 사상을 중요하게 생각하고 실천하지만, 궁극적으로는 사회에 대한 기여를 강조하는 에머슨과는 달리 사회보다는 개인자신의 신념을 더 중요하게 생각한 것으로 보인다.

예를 들면, 쏘로우는 미국의 노예제도에 반대했고, 미국이 멕시코의 땅이었던 현재의 텍사스주와 캘리포니아주, 그리고 뉴멕시코를 빼앗기 위해 멕시코와 전쟁을 일으킨 미국 정부에 반대했다. 그와 같은 정부의 권위에 저항하기 위해 쏘로우는 6년간이나 인두세(poll tax)를 납부하지 않았고, 1845년 그가 월든 숲으로 살러 들어간 그해 여름 어느 날, 마을로 수선한 구두를 찾으러 갔다가 만난 세금 징수원에게 세금납부를 거부하다가 콩코드 감옥에 감금되었다. 비록 그의 고모로 추정되는 누구인가가 그 세금을 대신 납부함으로써 다음날 감옥에서 풀려나오게 되지만, 그 경험으로부터 쏘로우는 「시민불복종」("Civil Disobedience," 1849)이라는 유명한 에세이를 쓰게 된다. 이 에세이 때문에 쏘로우는 20세기 들어 세계적인 영향력을 행사하게 된다. 『월든』을 통해 쏘로우가 자연주의자이자 생태주의자로서 세계적인 명성을 얻게 되었다면, 「시민불복종」을 통해 쏘로우는 비폭력 저항운동의 원조로서 세계적인 명성을 얻게 되었다. 톨스토이(Leo Tolstoy, 1828~1910)를 비롯해서, 인도의 마하트마 간디(Mahatma Ghandi, 1869~1948)와 미국의 마틴 루터 킹(Martin Luther King, Jr., 1929~1968) 목사 같은 세계사에 이름을 올린 인물들이 모두 쏘로우의 시민불복종 운동에서 영향을 받았다고 고백했다.

〈비순응주의〉

쏘로우는 정의에 관한한, 조금도 타협적인 사람이 아니었던 것으로 보인다. 노예제도와 멕시코 전쟁은 불의의 제도와 전쟁이었기 때문에, 그것이 잘못된 것이라고 생각한다면, 쏘로우는 그 두 이슈에 온몸을 던져 저항해야 한다고 생각했다. 시민의 의사를 표현할 수 있는 투표는 "일종의 도박"으로,

"투표자의 인격"이나 그의 목숨을 걸고 하는 일이 아니기 때문에 당면의 문제를 다수에게 떠맡기는 정도에 불과하다고 쏘로우는 폄하한다("Civil Disobedience" 21). 투표를 하려면, "당신의 온몸으로 투표하라. 단지 한 조각의 종이가 아니라 당신의 영향력 전부를 던지라. 소수가 무력한 것은 다수에게 다소곳이 순응하고 있을 때이다. 그때는 이미 소수라고 할 수도 없다. 그러나 소수가 전력을 다해 막을 때 거역할 수 없는 힘을 갖게 된다"라고 쏘로우는 말한다. 그리고 또한 노예폐지론자들은 노예폐지를 이루기 위해 즉각적으로 행동해야 한다고 주장하며 쏘로우는 다음과 같이 말한다.

> 노예제도 폐지론자로 자처하는 사람들은 몸으로나 재산으로 매사추세츠 주 정부를 지원하는 일을 지금 당장 중지하여야 한다. 그리고 정의가 자신들을 통해 승리하도록 노력하지 않고, 한 표 앞선 다수가 될 때까지 기다려서는 안 된다. 만약 그들이 하느님을 자기편으로 두었다면 그것으로 충분하며, 다른 사람을 기다릴 필요는 없다고 나는 생각한다. 더욱이, 어떤 사람이든지 그가 자기 이웃들보다 더 의롭다면 그는 이미 '한 사람으로서의 다수'를 형성하고 있는 것이다. ("Civil Disobedience" 30)

이 인용문에서 우리는 자신이 옳다고 생각하는 일이면, 그것이 단 한 사람의 생각이라 할지라도 다른 사람들이 그것에 동의할 때까지 기다리는 것이 아니라 바로 실천에 옮겨야 한다고 주장하는 쏘로우의 모습을 볼 수 있다.

쏘로우는 악을 근절하는 것만이 사람이 해야 할 유일한 의무라고 생각하지는 않지만, 적어도 그 악과의 관계를 단절할 의무를 사람은 가지고 있으며, 그 악을 직접적으로나 간접적으로 지원하지는 말아야 한다고 말한다. 그러면서 노예폐지론이나 멕시코전쟁에 대해 자유주의적 생각을 가지고 있지만 그런 생각을 행동으로 옮기지 않는 그의 이웃들은 그들이 그들의 생각을 실천할 경우 입게 될 개인적인 피해가 두려워서 자신들의 신념을 실천하지 못한다고 비판한다.

> 내 이웃들 중 가장 자유분방하다는 사람들과 이야기해 보면, 그들이 이 문제의 중요성과 심각성에 대해 무슨 말을 하건, 그리고 사회 안정에 관한 그들의 관점에 대해 무슨 말을 하건, 결국 그들은 현존하는 정부의 보호 없이는 살 수 없으며, 정부에 불복종하는 경우 그들의 재산과 가정에 미칠 결과를 두려워하고 있음을 알 수 있었다. (36)

여기에서 말하는 "내 이웃들 중 가장 자유분방하다는 사람들"의 구성원 중에는 에머슨도 포함되었을 가능성이 있다. 에머슨은 쏘로우의 장례식에서 읽은 그의 추도사[9]에서 쏘로우는 "어떤 사람이나 다수의 의견에도 전혀 경의를 표하지 않고 단지 진리 그 자체에만 경의를 표했다"(819)라고 회상했다. 그리고 그 회상에 앞서 에머슨은 쏘로우가 일관되게 경의를 표한 행동주의적 노예폐지론자 존 브라운(John Brown)이 감옥에 갇혔을 때 그를 옹호하는 연설을 한 사건을 상기했다. 존 브라운은 백인임에도 노예제도에 반대하여 자기 아들들을 비롯한 다른 백인들과 함께 무장한 채 백인 노예주들을 습격하고 무기를 탈취하려고 정부의 무기창고를 습격한 사람이었다. 그런 브라운이 마침내 정부군에 잡혀 감옥에 갇혔을 때, 쏘로우는 콩코드 리시움에 마을 사람들을 직접 불러 모으고, 「캡틴 존 브라운을 위한 탄원」("A Plea for Captain John Brown")이라는 제목의 연설을 했다.[10] 에머슨은 노예폐지론자 위원회에서조차 아직 그를 옹호하는 집회를 여는 것이 시기상조라고 파악했을 때 쏘로우가 이런 연설에 나섰다는 사실을 언급하며, 쏘로우를 "이상주의자"("Thoreau" 813)라고 규정한다. 남들의 시선이나 의견과는 상관없이 존 브라운을 공공연히 옹호하는 쏘로우를 보고 "이상주의자"라고 일컫는 에머슨은 쏘로우가 필요로 하는 "'한 사람으로서의 다수'"에는 속하지 않았을 것이다.

---

[9] 쏘로우는 1862년 5월 6일 결핵으로 죽었고, 에머슨의 추도사는 약간의 수정을 거쳐 그해 8월에 『아틀랜틱 먼슬리』(*Atlantic Monthly*)라는 문학잡지에 「쏘로우」("Thoreau")라는 제목으로 실렸다.

[10] 이 일은 1859년 10월 30일에 있었다.

쏘로우는 노예제도와 멕시코 전쟁이 옳지 않다고 생각한다면 정의를 아는 것만으로는 충분하지 않고 정의를 실천하는 "절대적으로 선한 사람"들이 필요하다고 말한다. 왜냐하면 그 "절대적으로 선한 사람"의 숫자가 얼마 되지 않아도 "그 사람들이 전체를 발효시킬 효모"라고 쏘로우는 생각했기 때문이다("Civil Disobedience" 20). 그래서 쏘로우는 옳지 않은 일에 대해서 알면서도 그에 대해 적극적으로 개입하여 그것을 개선하지 않고, 가만히 있는 사람들은 도리어 옳지 않은 일에 대한 공범자라고 비판한다.

…현재의 위기에서 매사추세츠 주가 정확하게 옳은 일을 하고 있다고 생각하는 사람이 누구라도 있는가?

"국가라는 이름의 창녀, 은빛 옷을 걸친 매음부가
옷자락을 걷어 올렸지만, 그녀의 영혼은 진흙 속에 끌리고 있다."

실제적으로 말해서, 매사추세츠 주에서 개혁에 반대하는 사람들은 남부에 있는 10만 정치인들이 아니라 이곳의 10만 상인들과 농부들이다. 그들은 인간애에 대해서보다는 장사나 농사에 더 큰 관심을 가지고 있고, 어떤 대가를 치르든지 노예와 멕시코에 대해 정의를 실천할 준비가 되어 있는 사람들이 아니다. 나는 결코 멀리 있는 적들을 비난하는 것이 아니다. 집 가까이 있으면서도 먼

곳에 있는 자들과 협력하고 또 그들의 명령대로 하고 있는 자들을 비난하는 것이다. 이런 사람들이 없다면 후자는 아무런 해를 끼치지 못할 것이다. ("Civil Disobedience" 672)

이 뿐만 아니라 만약 세금 징수원이나 공무원이 정의를 실천하기 위해 어떤 일을 해야 할지 그에게 묻는다면, 쏘로우는 그에게 공무원의 직책을 내어 놓으라고 할 것이라고 말한다. 국민이 국가에 세금 내는 것을 거부함으로써 국가에 대한 충성을 거부하고, 공무원이 자기의 직책을 내어 놓을 때 "평화적인 혁명"("Civil Disobedience" 680)이 완수될 수 있다고 쏘로우는 주장한다.

정의에 대한 이런 절대적인 신념을 가진 쏘로우를 에머슨은 호의적으로만 평가하지는 않는다. 에머슨의 쏘로우에 대한 이러한 평가는 이미 언급한 쏘로우의 죽음에 대한 에머슨의 추도사에서 엿볼 수 있는데, 이 추도사와 쏘로우의 대학친구 로월(James Russel Lowell)의 쏘로우에 대한 혹평-즉 쏘로우는 에머슨의 아류에 불과하다는 평가-은 쏘로우가 죽은 후 그의 평판을 결정짓는데 가장 중요한 역할을 했다. 에머슨은 이 추도사에서 우리가 흔히 알고 있는 자연을 사랑하고 자연과 친했던 자연주의자로서의 쏘로우의 모습을 강하게 부각시킨 한편, 쏘로우의 여러 부정적인 모습들을 그리고 있다. 에머슨의 추도사에 나타난 몇몇 부정적인 묘사에 따르면, 쏘로우는 하버드 대학을 졸업했음에도 대학의 권위를 별로 인정하지 않는 "문학계의 우상파괴자"("Thoreau" 809)였다. 실로 쏘로우는 하버드 대학의 학사 졸업장이 5달러의 가치가 없다면서 졸업장을 받지 않았다고 알려져 있다. 또한 그는 평생 직업도 가지지 않고, 결혼도 하지 않았으며, 교회도 가지 않고, 투표도 하지 않고, 세금도 내지 않고, 고기도 먹지 않고, 술도 담배도 하지 않는 "금욕주의적인" "은자"이자("Thoreau" 811), "극단적인 저항자"였다("Thoreau" 810). 그런가 하면 쏘로우는 모든 고상한 취향의 교양인들과 어울리는 것보다는 소박하게 만날 수 있는 착한 인디언을 더 좋아해서, 사람들의 저녁식사 초대도 무례하게 거절하는 비사교적인 인물이며, "전투적"인 성격을 가지고 있어서, 남을 반박하는 것을 즐기는 고약한 사람이었다("Thoreau" 811).

에머슨에 의해 이처럼 극단적으로 비사교적으로 묘사된 쏘로우와 대조적으로, 에머슨은 사람들과의 관계가 아주 원만했던 것 같다. 먼저 그는 인기 있는 강연가였다. 그래서 첫 아내 엘런(Ellen)이 결혼한 지 2년 만에 죽고 나서 그녀가 남긴 유산을 받게 되자, 에머슨은 목사직을 사직하고 자유롭게 글을 쓰면서 리시움 강연을 주로 하며 살았다. 명망 있는 강연가였기 때문에 에머슨은 리시움 강연을 통해서도 상당한 수입을 얻었고, 그래서 재정적인 면에서 전혀 어려움이 없이 살았다.

그는 교제의 폭도 넓었고, 사람들의 사랑을 많이 받았다. 사람들이 얼마나 그를 좋아했는지를 보여주는 한 에피소드가 있다. 1877년에 에머슨의 집에 불이 났고, 집은 완전히 타버렸다. 그래서 새로 집을 지어야 했는데, 그의 친구들과 숭배자들은 그의 집이 완성될 때까지 에머슨이 유럽과 이집트로 여행을 다녀오게 해 주었다고 한다. 이 정도만 해도 대단한 일인데, 더욱 놀라운 것은 새 집을 짓는 비용까지 그들이 모두 부담했다고 한다. 어떻게 이런 정도의 우정이 있을 수 있는지 놀랍고, 또 얼마나 사랑을 받았으면 이런 일이 가능할까 싶을 정도로 에머슨은 대인관계가 좋았다고 한다.

반면, "진리의 대변자이고 행동가"("Thoreau" 812)이지만 자신의 신념에 대해서는 비타협적이고 외골수적인 태도를 지닌 것으로 쏘로우를 묘사한 에머슨은 쏘로우에 대해 안타까워하는 마음을 가졌던 것으로 보인다. 다시 말해, 에머슨은 쏘로우가 가진 역량을 세상에서 제대로 피워보지 못한 것을 안타까워하며 그것을 그의 "결점"으로 지적한다.

그의 천재성이 단지 관조적인 것이기만 했다면, 그는 그의 삶에 잘 맞았을 것이다. 그러나 그가 가진 열정과 실제적 능력을 보면 그는 더 큰 사업을 하기 위해 지도적인 일을 위해 태어난 것으로 보였다. 그리고 나는 그의 드문 행동력의 상실을 너무 안타까워한 나머지 그가 야심이 없었다는 것을 그의 결점으로 보지 않을 수 없다. 이 야심이 없어서, 미국 전체를 감독하는 대신, 그는 헉클베리 따는 모임의 우두머리가 되고 말았다. ("Thoreau" 823)

자신의 천직을 발견하기까지는 다른 사람들의 말에는 귀기울이지 말고 자기 자신의 내면의 목소리를 신뢰하며 그 소리를 따라가되, 그 천직을 발견한 후에는 사회에 기여해야 한다고 주장한 에머슨은 바로 이점에서 쏘로우와 가장 큰 차이를 보인다. 쏘로우는, 우리가 『월든』에서 살펴보았듯이, 자기 자신에게 의미 있는 삶을 사는 일에 가장 큰 의미를 두는—이기적이라는 뜻에서가 아니라 개인의 자유를 가장 중요하게 생각한—철저한 개인주의자이기 때문이다. 그는 「시민불복종」의 마지막 부분에서 말하고 있듯이 국가나 사회보다는 개인을 중요하게 생각하고, 그런 개인을 진정으로 존중해주는 국가 또는 사회만이 존재할 만하다고 생각한다.

우리가 알고 있는 바와 같은 민주주의가 통치의 형태로 가능한 마지막 단계의 진보일까? 인간의 권리를 인정하고 조직화하는 방향으로 한 걸음 더 나아가는 것은 불가능한가? 국가가 개인을 더 높고 독립된 하나의 권력으로, 즉 그로부터 국가의 권력과 권위가 파생되는 것으로 인정하고, 이에 알맞은 대접을 개인에게 해줄 때까지는 진정으로 자유롭고 계몽된 국가는 결코 존재할 수 없을 것이다. ("Civil Disobedience" 693)

비록 「시민불복종」 에세이에서 쏘로우가 "'가장 좋은 정부는 가장 적게 다스리는 정부'"라는 발언과 정부를 하나의 "방편"("Civil Disobedience" 667)에 지나지 않는 것으로 낮게 평가하는 것 때문에 그를 무정부주의자라든가 국가의 필요성을 부정하는 사람으로 보는 경향도 있지만, 이 에세이에서 쏘로우는 국가를 전적으로 부정하고 있지 않다. 다만 위의 인용문에서 볼 수 있듯이, 개인의 자유를 최대한 보장해주고 개인의 권리를 충분히 인정해주는 국가를 그가 이상으로 삼았을 따름이다. 또한 쏘로우는 그가 인두세 내기를 거부했지만, 그 외의 다른 세금들―예를 들어, 도로세―을 내지 않으려 한 적은 없다고 밝히고 있다. 자신이 낸 세금이 자신이 동의하지 않는 전쟁을 지원한다든가 비인간적인 노예제도를 지원하는 일에 쓰이는 것에 대해 반대할 따름이다("Civil Disobedience" 687). 실로 쏘로우는 "심지어 나는 이 나라의 법에 순종할 구실을 찾고 있다고 말할 수 있을 것이다"("Civil Disobedience" 689)라고 밝히고 있으며, 인두세 납부를 거부함으로써 정부에 "충성"하기를 거부하지만, "가능한 한도에서 계속 정부를 이용하고 그 혜택을 이용"하겠다고 말하고 있다("Civil Disobedience" 687).

〈독립적 모험정신〉

쏘로우와 에머슨의 또 다른 큰 차이점은 에머슨은 사회에 대한 공헌을 중요시하고 사회 속에서 좋은 인간관계를 맺으며 조화로운 삶을 살았지만, 쏘로우는 오래된 습관이나 관습을 벗어나서 이론적으로 뿐만 아니라 실제적으로 독립적인 삶을 살기를 원했다는 사실이다. 쏘로우의 인생에서 쏘로우가 자신의 독립적인 삶과 관련하여 실행한 두 가지 중요한 상징적인 사건들이 있다. 첫째는 그가 스스로 자신의 세례명을 바꾼 일이고, 두 번째는 우리가 이미 살펴보았듯이, 1848년 7월 4일을 기해 의도적으로 삶을 살아보기 위해 그가 월든 숲으로 이사 한 일이다. 첫 번째의 사건과 관련하여 설명하자면, 1837년 대학을 졸업하고 콩코드에 돌아온 쏘로우는 주위 사람들에게 이유를 밝히지 않고, 그의 첫 이름과 중간 이름을 바꾸어 사용하기 시작했다. 쏘로우의 원래 세례명은 "David Henry"이었는데, 그가 갑자기 "Henry David"라고 서명하기 시작한 것이다. 어떤 이웃들은 그가 갑자기 이름을 바꾼 것에 대해 못마땅하게 여겼다고 알려져 있는데, 쏘로우는 평생 자신이 바꾼 이름을 사용했다. 그가 갑자기 그 때까지 사용한 이름을 바꾼 구체적인 이유는 알려져 있지는 않지만, 이름이란 그 사람의 정체성과 밀접한 연관이 있는 것이기 때문에, 쏘로우가 자기의 이름을 바꾸었을 때는 어떤 변화에 대한 큰 욕구가 있었을 것으로 추정할 수 있다. 비평가들은 쏘로우가 그 때까지의 그의 삶과는 완전히 다른 어떤 새로운 삶을 시작하고 싶은 기대를 이름 변환으로 드러낸 것이 아닐까하고 추측하기도 한다.

실로 자신의 삶의 상황을 바꾸고 싶어서 이름을 바꾼 몇 명의 쏘로우의 동시대의 작가들이 있다. 『모비딕』(Moby-Dick)의 작가 허먼 멜빌(Herman Melville)의 경우, 그의 아버지로부터 그가 물려받은 원래의 성(surname)은 그 마지막 철자에 'e'가 없는 멜빌(Melvill)이었다. 그런데 멜빌의 아버지가 파산하고 정신병으로 일찍 죽자 멜빌의 어머니 마리아 갠스부어트 멜빌(Maria Gansvoort Melvill)은 가족의 성의 철자를 변경했다. 원래의 성의 마지막에 'e'를 넣어 Melville로 바꾼 것이다. 멜빌의 어머니 마리아의 이와같은 행위에는 가문에 수치를 가져온 멜빌 아버지의 죽음과 그에 대한 나쁜 소문을 쇄신하고자 하는 의도가 있었을 것이라고 비평가들은 추측한다. 또 하나의 예로, 『주홍글자』(The Scarlet Letter)의 작가 너대니얼 호손(Nathaniel Hawthorne)이 있다. 대학을 졸업하고 고향 세일럼(Salem)으로 돌아온 호손은 조상대대로 내려온 성인 "해손(Hathorne)"에 "w"철자를 추가하여 "Hawthorne"으로 바꾸었다. 호손의 경우, 그는 자신의 조상들에 대해 모순적인 생각을 가지고 있었다고 알려지고 있다. 즉 한편으로는 가문의 기원이 미국 초창기의 청교도시절까지 거슬러 올라가는 긴 역사를 가진 것과 가문의 귀족적 전통에 대해 자부심을 가졌지만, 다른 한편으로는 조상들이 지은 역사적인 죄에 대해 호손은 부끄럽게 생각했다. 그의 초대 조상들이 군인이나 치안판사로 있으면서, 퀘이커 교도를 핍박한 일과 세일럼 마녀재판에 참여하여 무고한 피를 흘린 일에 대해 호손은 그들의 후손으로서 역사적인 죄의식을 가지고 있었다. 그래서 그들로부터 거리를 두고 싶어서 호손은 'e'자를 자신에 성에 추가했다는 비평가들의 해석이 있다.

쏘로우가 이름을 변경한 사건과 약 10년 후, 세상이 그에게서 기대하는 삶과는 아주 다른 새로운 삶을 실천하기 위해 그가 월든 숲에 들어간 사건은 동떨어져 보이지만, 그 사이에서 어떤 연관성을 발견할 수 있다. 즉 두 사건 모두 개인으로서의 쏘로우의 독립과 관계가 있다고 볼 수 있다. 첫 번째의 개명 사건으로, 쏘로우는 주위 사람들이 아는 데이비드 헨리 쏘로우라는 인물과는 다른 헨리 데이비드 쏘로우라는 새로운 정체성을 가진 독립적 인간이 되기로 결정했다고 할 수 있다. 실로 그는 그의 대학생활을 지원한 가족들의 기대와 주위 사람들의 의아해 하는 시선에도, 다른 하버드 졸업생들과는 다르게 돈을 많이 벌거나 지위를 높이는 직업을 택하지 않고 일정한 직업 없이 사색하고 글쓰는 자유로운 삶을 살기로 결정했다. 두 번째 사건으로는, 오직 소유에만 관심이 집중되어 있는 물질주의적 사회에서 벗어나 적게 소비하고 많이 사고

하고 글을 쓰는 생활을 쏘로우가 의도적으로 택함으로써 당대의 관습적 미국사회로부터 상징적인 독립을 선언한 것으로 해석할 수 있다. 특히 그가 월든 숲속으로 마침내 이사한 그 날이 바로 미국의 독립기념일이었다는 사실은 위의 해석을 가능하게 하는 아주 상징적인 행위이다. 손수 지은 오두막으로 1845년 7월 4일, 미국 독립기념일에 이사한 것을 쏘로우는 "우연히"(80) 일어난 일로 언급하지만, 그것은 그의 말과는 반대로 매우 의도적인 행위로 해석된다.

쏘로우는 월든 호숫가에서 집을 짓고 적게 벌고 적게 일하고 살면서 이룩한, 경쟁적이고 물질적인 자본주의사회로부터의 그의 의연한 독립을 그의 오두막집의 굴뚝에 비유한다. "굴뚝은 어느 정도까지는 땅에 서 있으면서 집을 통하여 하늘까지 솟아올라 있는 독립적인 구조물이다. 심지어 집이 타버린 후에도 굴뚝은 때로 서 있는 경우가 있는데 그래서 굴뚝의 중요성과 독립성은 명백하다"(217). 이 인용문에서 굴뚝은 땅과 하늘을 연결시켜주는 "독립적인" 건축물이라는 점과 집이 타버린 후에도 서 있다는 사실 때문에 쏘로우가 굴뚝의 중요성을 강조하고 있다는 점이 주목할 만하다. 그 이유는 영원히 독립성을 지니고 있는 굴뚝에 쏘로우가 자신을 투영하고 있다고 생각되기 때문이다.

이런 의미에서 쏘로우의 굴뚝은 또 다른 작가의 굴뚝을 연상하게 한다. 멜빌의 단편소설 「나와 나의 굴뚝」("I and My

Chimney," 1856)에 등장하는 굴뚝이 바로 그것이다. 이 이야기에서도 굴뚝은 이 이야기의 주인공인 화자가 자신을 투사하는 대상이다. 「나와 나의 굴뚝」에서 멜빌을 연상시키는 나이든 남성 화자는 그의 집의 중심에 큰 면적을 차지하고 있는 굴뚝을 몹시 아낀다. 그런데 그런 굴뚝을 허물고 세속적이고 현대적인 새 집을 짓고 싶어 하는 아내와 딸들, 그리고 그 아내와 딸들의 지지를 받는 건축가에 대항하여 그 굴뚝을 지키기 위해 화자는 힘겨운 싸움을 벌인다. 그가 지키기 위해서 노력하는 그의 굴뚝은 그의 남성성의 상징이자, 화자가 피우는 담배와 함께 그가 집안에서 누리는 그의 가부장적 권위를 상징한다. 멜빌이 『월든』에서 「나와 나의 굴뚝」의 굴뚝 모티브를 잡았는지는 알 수 없지만, 두 작품에서 굴뚝은 작품의 주인공이 세상의 흐름에 저항하여 고수하고자 하는 자신의 (정신적) 독립을 상징한다.

독립적인 정신과 함께 『월든』에서 쏘로우가 강조하는 것은 모험심이다. 스스로가 안정된 직장을 가지고 현실에 안주하여 편안한 삶을 살기를 거부한 쏘로우는 "전통과 순응"의 삶에 인간이 얼마나 쉽게 빠지기 쉬운지를 경고하며, 안전하고 편안한 삶 대신 모험적인 삶을 택한 자신의 선택에 대해 다음과 같이 말한다.

얼마나 쉽게 알지 못하는 사이에 우리가 어떤 특정한

길을 밟게 되고 우리 자신들을 위해 다져진 길을 만들게 되는지는 놀라운 일이다. 내가 숲 속에 산 지 일주일이 채 안되어 내 집 문에서 호숫가까지 내 발자국으로 인해 길이 났다. 내가 그 길을 밟지 않은 지 5, 6년이 지났는데도 그 길의 흔적은 여전히 뚜렷하다….

땅의 표면은 부드러워서 사람의 발자국에 의해 표가 나게 되어 있다. 마음이 여행한 길도 마찬가지이다. 그렇다면 세상의 큰길들은 얼마나 밟혀서 닳고 먼지투성이일 것이며, 전통과 순응의 바퀴 자국들은 얼마나 깊이 패었겠는가! 나는 고급 선실에 편히 묵으면서 손님으로 항해하기보다는 차라리 돛대 앞에, 세상의 갑판 위에 있기를 원했다. 왜냐하면 그곳에서 나는 산들 사이로 비추는 달빛을 가장 잘 볼 수 있기 때문이다. 이제 나는 [돛대나 갑판] 아래로 내려갈 생각이 없다. (303)

이 인용문에서 쏘로우는 우리가 알지 못하는 사이에 빠지게 될 습관과 관습에 대해 경계할 필요성과 함께, 편안하고 안락한 선실에서 즐기며 여행하는 경제적으로 여유 있는 사람의 삶보다는 인생의 비바람이나 물보라를 돛대 앞이나 갑판위에서 바로 맞부딪치게 될 고생스럽지만 모험적인 선원의 삶에 대한 선망을 기술하고 있다.

쏘로우는 이런 모험심이 특히 젊은이들에게 필요하다고 강조한다. IMF를 겪은 후 우리나라의 젊은이들도 더 이상 벤처

● 쏘로우의 집터 앞에서 월든 호수로 난 숲길

기업 같은 것을 세우기보다는 공무원이나 공기업 직원 또는
의사, 변호사 같은 안정된 전문직을 가장 선호하게 되었지만,
쏘로우는 이런 젊은이들에 대해서는 호의적이지 않다. 다른
사람들이 이미 걸어 "다져진 전문직의 길을 따라가는 것이 가
장 안전하다고 결론내린" 당시의 젊은이들을 쏘로우는 "더 이
상 젊지 않은 젊은이들"(144)이라고 혹독하게 비판한다. 또한
월든 숲에 있는 그의 집을 방문하여 숲속에서 혼자 살아서는
쏘로우가 큰일을 할 수 없다고 말하는 방문객들에 대해, 나이
나 성별에 관계없이 그들은 "늙었고 병약하며 소심한 사람들"
이라고 쏘로우는 말한다. 병에 걸릴까, 갑자기 사고 또는 죽음을 당할까 항상 걱정하며 사는 사람들에게는 사는 것이 위험으로 가득 찬 것으로 보일 수도 있지만, 사람이 살아 있는 한 죽음의 위험은 늘 따르는 것이라고 생각하는 쏘로우는 사람들의 걱정이 별로 바람직하지 않다고 생각한다(144).

젊은이들이 자신들의 꿈의 성취를 향하여 모험을 택할 때 쏘로우는 그것을 막지 말라고 기성세대들에게 당부한다. 다만 그들이 나아가는 큰 방향만 점검하고 그들을 지켜보는 여유를 가지라고 말한다.

젊은이는 목수나 농부나 선원이 되어도 좋으니, 단지 그를 방해하여 그가 내게 하고 싶다고 하는 일을 하지 못하게 하는 일은 없게 하자. 선원이나 도망치는 노예가 항상 북극성을 지켜보듯이 우리는 수학적인 어떤 점에 의해서만 현명할 수 있다. 그러나 그 점은 평생 동안 우리의 길을 가리켜주기에 충분한 안내자이다. 우리는 계산된 기간안에 항구에 도착하지 못할 수도 있다. 그러나 올바른 진로는 유지할 것이다. (67-68)

오늘날 우리 사회에서만큼 젊은이들이 현실의 굴레에 꼭 죄어 있는 듯한 사회는 세계에서도 찾아보기 힘들 것이다. 격심한 경쟁과 경제적 안정에 대한 사회적으로 팽배한 욕구가 젊은이들의 모험심을 모두 앗아가 버리고 있다. 모두가 승자가 될 수 있는 것도 아닌데 말이다. 현실적으로 택하기 힘든 선택이기는 하겠지만, 쏘로우가 제의하듯이 큰 좌표만 제시하고 그 길에서 어긋나지 않는 이상은 모험적인 젊은이들의 선택을 믿어줄 수 있는 사회가 될 수 있다면 참으로 좋겠다는 생각이 든다. 그럴 때에만 독창적인 아이디어와 그런 생각의 결과물도 생겨날 수 있을 것이기 때문이다.

쏘로우는 「결론」 장에서 젊은이들뿐만 아니라 그의 독자들 모두가 신대륙과 신세계를 발견한 콜럼버스처럼 모험적인 사람이 되라고 말한다. 그러나 그 신대륙과 신세계는 물리적인 것이 아니라 우리의 내부에 있다고 말한다. 콜럼버스처럼 물질적인 이익을 얻기 위해 무역 상대자로서의 신대륙이나 신세계를 찾으라는 것이 아니라, 새로운 생각을 얻기 위한 항로를 개척하라고 쏘로우는 말한다. 그 항로를 따라 각자의 고유한 "꿈의 방향으로 자신 있게 나아갈" 때(303), 우리는 각각 우리가 소유한 나라의 주인이 될 수 있다는 것이다. 그리고 예기치 않게 성공하게 되면, 그 때에는 황제가 다스리는 러시아조차도 상대적으로 얼음에 덮인 보잘 것 없는 작은 나라에 불과하다고 말하며(301), 자기 내면 탐험의 중요성을 강조한다.

맺음말

    『월든』을 읽는 시간은 행복했다. 공기가 좋은 숲 속에 있지 않아도 책을 읽는 것만으로도 청량한 공기를 마시는 기분이었기 때문이다. 또한 쏘로우의 월든 숲속에서의 생활을 따라 읽으면서 그의 유유자적함을 잠시나마 내 것으로 만들 수 있었다. 그래서 이 책을 읽는 시간은 내가 바쁘고 복잡한 일상으로부터 빠져나와 날선 신경을 이완시키고 마음의 여유를 회복하는 시간이기도 했다. 공기 좋고 쾌적한 산이나 숲에 갈 수 없다면 몇 십분 만이라도 이 책을 읽는 것으로 그 대용이 되곤 했다.

    『월든』은 자신의 삶에 대해 전혀 생각할 여유 없이 바쁜 일상을 매일 반복하여 살고 있는 우리 현대인들에게 자기 삶을 돌아볼 기회를 제공한다는 점에서 소중한 책이라고 생각된다. TV와 인터넷, 그리고 모바일 등의 온갖 다양한 매체들을 통해 끊임없이 우리에게 전달되는 온갖 종류의 상품들의 광고 속에서 소비와 소유의 무한한 유혹 속에 던져진 삶을 살고 있는 우리에게 쏘로우의『월든』은 소박한 삶과 사유의 필요성을 깨닫게 한다. 19세기 중반 쏘로우의 시대보다 훨씬 더 더 물질에 대한 숭배가 심해지고 자본주의적 경쟁이 치열해진 오늘날, 쏘로우는 어떻게 사는 것이 가장 잘 사는 방법일까를 고민하는 우리에게 한 가지 방법을 제시한다. 그것은 바로 물욕을 최소화하여 간소하게 살고, 자연과 소통하는 삶을 통해 더 높은 정신적인 삶을 추구하라는 것이다.

오늘날에도 미국의 중서부 몬타나(Montana) 주의 오지에는 문명의 모든 혜택을 거부하고 일부러 자연으로 들어가서 사는 사람들이 있다고 한다. 몬타나주의 서쪽은 캐나다에서 시작한 록키산맥이 연결되어 자연적 경관이 빼어난 곳인데, 그들은 그 곳에 들어와 160여 년 전의 쏘로우처럼 작은 오두막집을 짓고, 수도와 전기조차 연결되지 않는 곳에서 원시 그대로의 삶을 산다고 한다. 우리나라에서도 대도시의 삶을 등지고 강원도나 지리산의 산골 깊은 곳으로 들어가 자연적인 삶을 사는 사람들의 사는 모습이 가끔 TV를 통해 방영되곤 한다. 그들은 도시에서 고등교육을 받은 사람들이지만, 이웃도 별로 없는 깊은 산속에서 외롭게 살면서 겨울이면 엄청난 추위 속에 얼어붙은 개울의 얼음을 깨고 얼음장 같은 찬물로 손빨래를 하면서 생태주의적인 삶을 살고 있었다. 그들의 생활을 보면서 필자는 쏘로우를 떠올림과 동시에, 자연 속에서 사는 그들의 삶이 때로는 몹시 불편하고 고통스러울 수도 있겠다고 생각했지만, 다른 한편 그들이 누리면서 사는 여유로운 삶의 모습을 보면서 일정기간 동안만의 삶이라면 그렇게 사는 것도 정신건강에 참 좋겠다는 생각을 하곤 했다.

쏘로우의 말처럼 우리도 얼마나 바쁘게 분주하게 살면서도 "중요한 일 하나" 하지 못하면서 "쫓기면서 인생을 낭비하며"(88) 살고 있는가? 쏘로우처럼 평생 동안 안정적인 직장을 얻기를 그만두고, 무작정 자연 속으로 들어가서 초막집 짓고 문명의 도움 별로 없이 살 엄두는 내기 어렵지만, 그의 책을 읽는 동안만이라도 의미 없이 바쁜 우리의 삶을 되돌아보고 현재의 복잡한 내 삶을 반성할 수 있다면 그것만으로도 좋을 것이다. 그래서 적어도 월든 숲속에서 쏘로우가 얻은 삶의 여백을 조금이라도 회복하는데 성공한다면, 우리의 삶은 참으로 다행스러울 것이다.

참고문헌

Cain, William E., ed. *A Historical Guide to Henry David Thoreau*. Oxford : Oxford UP, 2000.

Emerson, Ralph Waldo. *The Essential Writings of Ralph Waldo Emerson*. Ed. Brook Atkinson. New York : Modern Library, 2000.

Maibor, Carolyn R. *Labor Pains : Emerson, Hawthorne, and Alcott on Work and the Woman Question*. New York & London : Routledge, 2004.

Parini, Jay. *Promised Land : Thirteen Books That Changed America*. New York : Anchor Books, 2008.

Sayre, Robert F. "Introduction." *New Essays on* Walden. Cambridge : Cambridge UP, 1992. 1-22.

Schnakenberg, Robert. *Secret Lives of Great Authors : What Your Teachers Never Told You about Famous Novelists, Poets, and Playrights*. Philadelphia : Quirk Books, 2008.

Thoreau, Henry David. *Walden and Other Writings*. Ed. William Howarth. New York : Modern Library, 1981.

헨리 데이비드 쏘로우 연보

1817년   7월 12일, 매사추세츠주 콩코드 출생.

1833년(16세)   하버드 대학 입학.

1837년(20세)   하버드 대학 졸업. 에머슨을 만남. 콩코드의 학교에서 가르침.
                『일기』(*Journal*)를 쓰기 시작.

1838년(21세)   형 존(John Thoreau)와 함께 학교를 열고 가르침.

1839년(22세)   형 존과 함께 보트를 타고 콩코드와 메리맥(Marrimack) 강을
                여행함. 이 때의 경험이 후에 『콩코드 강과 메리맥 강에서의
                일주일』(*A Week on the Concord and Merrimack Rivers*, 1849)이라는
                책으로 출간됨. 메인(Maine) 주의 숲, 그리고 케이프 코드(Cape
                Cod)로 여행을 하게 되는데, 후에 출판되는 책들의 소재가 됨.

1841년(24세)   에머슨 집에서 함께 살면서 집안일을 도움.

1843년(26세)   에머슨이 편집하는 초절주의 기관지인 『다이얼』(*The Dial*)에
                수필을 기고함.

1845년(28세)   7월 4일 손수 지은 월든 호숫가의 통나무집에 들어가 2년 2
                개월 2일을 기거함.

1847년(30세)   월든 호숫가의 집을 나와 에머슨이 유럽여행을 간 동안 에머
                슨집의 집안일을 돌봄.

1848년(31세)   몇 년간의 인두세(poll tax) 납부 거부로 하룻밤 감옥에 갇힌
                사건에 대해 콩코드리시움에서 「시민 불복종」이라는 제목의
                강연을 함. 에머슨의 집을 나와 비전속측량사로 일함.

1849년(32세)   「시민 불복종의 의무에 대하여」("On the Duty of Civil Disobedience").

1854년(37세)   『월든』(*Walden*)출판.

1859년(42세) 「캡틴 존 브라운을 위한 탄원」("A Plea for Captain John Brown").

1861년(44세) 건강을 위해 미네소타로 감.

1862년(45세) 5월 6일 콩코드에서 결핵으로 사망.

1863년 『메인 숲』(*The Maine Woods*, 1863) 출판.

1865년 『케이프 코드』(*Cape Cod*) 출판.

1906년 『헨리 데이비드 쏘로우 총서』(*The Writings of Henry David Thoreau*) 20권이 사후 출판됨.

저자 **박연옥**__ 경북대학교 인문대학 영어영문학과 교수

저자는 미국 19세기 소설의 전공자로 멜빌, 호손의 소설들에 대한 관심과 더불어 19세기 미국 여성소설가들의 작품 연구에 관심을 가지고 있다. 남성작가들의 소설에 나타난 여성 인물들에 대한 태도 분석과 19세기 소설의 출판과정과 젠더 문제에 관심이 있으며, 19세기 미국문학사에서 소수자적 입장에 있는 여성 가정소설과 흑인노예서사 연구에도 관심을 두고 있다. 대표 논문으로는 「에이햅과 자본주의 문학시장」, 「19세기 미국소설과 분리된 영역의 문제」 외 다수의 논문들과 번역서들이 있음.

경북대 인문교양총서 ❺
쏘로우와 월든 숲속의 삶

초판 인쇄 2011년 8월 22일
초판 발행 2011년 8월 30일

지은이 박연옥
기 획 경북대학교 인문대학
펴낸이 이대현
편 집 박선주 권분옥 이소희
디자인 이홍주
마케팅 박태훈 안현진

펴낸곳 도서출판 역락
주 소 서울시 서초구 반포4동 577-25 문창빌딩 2층
전 화 02-3409-2060(편집), 2058(마케팅)
팩 스 02-3409-2059
등 록 1999년 4월 19일 제303-2002-000014호
전자우편 youkrack@hanmail.net

값 7,000원
ISBN 978-89-5556-921-6 04840
       978-89-5556-896-7 세트